Enrico Costa

Il muto di Gallura

A cura di Carlo Mulas

ISBN 978-88-98737-28-4

2018 Indibooks

In copertina: Edina Altara

I cavallari galluresi, 1920

Copertina del Giornalino della Domenica

Enrico Costa

Il muto di Gallura

A cura di Carlo Mulas

Bastiano era come il granito dei suoi monti.

Al silenzio che lo circondava non aveva risposto che col silenzio.

Introduzione

Il Muto, Enrico Costa e Grazia Deledda

Il muto di Gallura è un romanzo storico pubblicato per la prima volta nel 1884 dallo scrittore sassarese Enrico Costa, autore di saggi, racconti e romanzi, nonché fondatore della rivista "La Stella di Sardegna", una delle più influenti nel panorama editoriale isolano del periodo, tra le cui pagine vennero ospitati anche articoli di Grazia Deledda.

Per comprendere appieno il ruolo giocato dal Costa nella storia della letteratura dell'isola, e non solo, basterebbe rifarsi a quanto sostenuto proprio dalla Deledda che, in più di un'occasione, affermò di essere una vera e propria discepola dello scrittore sassarese.

In una lettera del 14 ottobre 1893 diretta ad Angelo De Gubernatis, docente universitario e direttore di alcune rilevanti riviste di tradizioni popolari, la scrittrice nuorese scrisse:

"Enrico Costa, di cui io sono una specie di discepola, ha scritto tanti, tanti romanzi sardi, caldi di amor patrio, pieni d'entusiasmo o di tristezza per le bellezze o per le miserie dell'isola. A misura che questi romanzi uscivano un fremito percorreva tutta la Sardegna. Le fanciulle piangevano su quelle pagine, i giovani rabbrividivano di terrore e di angoscia. Impossibile descrivere il fermento spirituale destato dal Muto di Gallura".

La Deledda, quindi, amò i libri di Enrico Costa e in particolare Il muto di Gallura. Tanto che, in un importante articolo sulle leggende sarde, pubblicato nel 1894 nella prestigiosa rivista Natura ed Arte di Roma e riedito anche in Fiabe e leggende sarde, ella citò il "fremente romanzo" in più punti, poiché lo considerava un lavoro di grande valore e interesse per la conoscenza della Sardegna, della sua storia e delle sue tradizioni.

Il Terribile e l'inimicizia di Aggius

Il muto di Gallura racconta la storia della sanguinosa faida tra i Vasa e i Mamia che sconvolse il territorio di Aggius, in Gallura, nella prima parte della seconda metà dell'Ottocento, così descritta dal Costa in una pagina del romanzo:

"Un continuo succedersi di combattimenti sanguinosi e di uccisioni: una caccia di fiere che si davano uomini contro uomini. Era un lutto generale; il terrore regnava sovrano in quelle contrade. Sul far del giorno, prima di recarsi in campagna, i figli abbracciavano i padri, le sorelle abbracciavano i fratelli, come se mai più si dovessero rivedere. Non erano sicuri di ritornare la sera in seno alla famiglia. E lungo la giornata erano ansie, spasimi trepidazioni; preghiere a Dio ed ai santi. Un ritardo li spaventava; una fucilata li faceva trasalire... Perché il lettore possa farsi un'idea delle stragi che funestarono la campagna d'Aggius dal 1850 al 1856, mi basterà accennare, che il numero dei morti fra le due fazioni superò la cifra di settanta, e che nella statistica dei cinque anni furono registrate oltre quaranta vedove".

I fatti narrati furono tratti dalle cronache dei giornali, ma anche dalle ricerche storiche e dai resoconti che il Costa ottenne da alcuni testimoni viventi che parteciparono ed assistettero alla grande "inimicizia" aggese.

La narrazione principale, che è il filo conduttore dell'opera, è incentrata sulla figura di Bastiano Tansu, uno dei più famosi banditi sardi, soprannominato il Terribile, ma conosciuto semplicemente come "il muto" in quanto sordomuto dalla nascita.

Attraverso l'esposizione della vita del fuorilegge, il Costa racconta in maniera magistrale le storie degli uomini e delle donne della Gallura, "la fierezza dei galluresi, la loro tenacità negli odi, e la scrupolosa raffinatezza della loro suscettibilità": persone di un'umanità disarmante, spesso incapaci di mettere in equilibrio l'amore e l'odio, facilmente governabili dal sangue che, come un "lento veleno strugge l'anima", caricandola d'ira e sete di vendetta.

Ma quello del Costa è anche un tentativo di penetrare nel buio sepolcrale della coscienza di Bastiano Tansu, per cercare di decifrare l'anima tribolata di un uomo che non fu mai trattato da essere umano dai suoi simili, ma dapprima come diverso, poi come belva e mostro, e infine come demonio, se non addirittura il figlio del diavolo.

Ma come avvenne che Bastiano Tansu, si trasformò in un carnefice senza pietà?

Fu l'assassino del fratello a destare nel suo animo "tutti i peggiori istinti e insieme con essi un prepotente bisogno di sfogare il cruccio che covava nel cuore. La sua strada era stata tracciata dal destino, né titubò un istante ad ubbidire alla voce insistente e misteriosa che dal fondo della sua coscienza lo eccitava al delitto".

Questa sete di vendetta si placò solo quando il Muto di Gallura trovò un po' d'amore e considerazione da parte di Gavina, figlia del proprietario dello stazzo dell'Avru.

Ma ebbe breve durata.

Un viaggio in Gallura

Il romanzo è uno straordinario viaggio alla scoperta della Gallura: delle sue tradizioni, della sua cultura e dei suoi luoghi.

Tra i vari usi e costumi che il Costa descrive in maniera dettagliata, un posto rilevante è assegnato alla cerimonia dell'abbraccio, la festa di fidanzamento che i futuri sposi celebravano di fronte a tutta la comunità, per sancire de facto la loro unione, ancora prima del rito religioso e civile. L'abbraccio era un vincolo sacro in Gallura, e poteva essere sciolto solamente dalla sola fidanzata per questioni davvero di massima importanza e gravità. Un rito solenne e tradizionale che né lo sposo, né tantomeno i genitori avrebbero potuto violare, se non andando incontro a una serie di conseguenze che conducevano, molto spesso, alla faida tra famiglie.

Durante la cerimonia dell'abbraccio i due fidanzati erano soliti scambiarsi dei doni semplici ma molto importanti nell'economia sociale e simbolica della Gallura: lei donava allo sposo un fazzoletto ed un coltello col manico d'osso; lui le regalava un fazzoletto di seta e il manafidi, l'anello di fidanzamento tipico di molte zone della Sardegna che rappresentava il sacro pegno della fede e il vincolo indissolubile fra i due fidanzati.

Altamente suggestive sono anche le pagine in cui il Costa parla dell'attìtitu, cerimonia funebre durante la quale la prefica, attraverso una nenia ritmata e improvvisata, tesseva le lodi dell'estinto, e "talvolta eccitava i parenti alla vendetta" con versi di grande impatto emotivo e lamentazioni, eseguiti con "linguaggio orientale, biblico".

Una cultura molto particolare quella gallurese, che emerge anche grazie all'inserzione nel testo di espressioni idiomatiche, di modi di dire e di versi tratti dal repertorio di Don Gavino Pes, conosciuto in Gallura come Don Baingiu, massimo esponente della poesia in lingua gallurese.

Questo romanzo è quindi un viaggio alla scoperta di un microcosmo caratteristico, contrassegnato da un paesaggio unico e originale, soprattutto al tramonto, quando il sole cala dietro all'isolotto dell'Asinara, e lunghe nuvole infuocate listano ad occidente l'orizzonte; quando la luce sanguigna tinge in rosso tutte le vette dei monti e il mare lontano, sbiadito, pare confondersi col cielo, nell'ampia distesa che divide l'Isola Rossa da Castelsardo; quando il cielo produce quella nebbia violacea e vaporosa che dà al crepuscolo della sera un'intonazione calda, melanconica.

Enrico Costa – Nota biografica

Enrico Costa nacque a Sassari l'undici aprile del 1841. La morte del padre, orchestrale cagliaritano trasferitosi nel nord Sardegna, lo costrinse ad abbandonare gli studi e a guadagnarsi la vita lavorando. Dopo alcuni lavori saltuari, egli lavorò come impiegato di banca, come dipendente presso la tesoreria municipale e quindi come archivista, continuando a studiare e a formarsi da autodidatta.

Scrisse poesie ed articoli per alcune riviste e giornali. Fu autore di famosi libretti musicali e commedie che vennero messe in scena al teatro civico sassarese; nonché di opere di narrativa e di carattere storico che ebbero un ottimo successo di critica e di pubblico.

Tra le sue opere più importanti ricordiamo: le novelle, pubblicate tra il 1878 e il 1881 sulle pagine de "La stella di Sardegna" e del "Gazzettino Sardo", riviste delle quali fu il fondatore e l'animatore; *La bella di Cabras*, romanzo pubblicato nel 1888; il romanzo storico *Adelasia di Torres* del 1898; e la sua opera più conosciuta, ovvero il romanzo *Giovanni Tolu. Storia di un bandito sardo narrata da lui medesimo* del 1897, che venne pubblicato anche in lingua tedesca, e che narra la storia del criminale più famoso del Logudoro. È doveroso ricordare anche il diario di viaggio, o meglio, la guida-racconto intitolata *Da Sassari a Cagliari* del 1902; e la voluminosa opera *Sassari*, pubblicata solo in parte.

Enrico Costa morì a Sassari il ventisei marzo del 1909.

Dedica

A Medardo Riccio

Hai voluto gentilmente dedicarmi il tuo *Testamento del Diavolo*, e te ne ringrazio. Permetti dunque, che anche io ti dedichi il mio Muto di Gallura, in pegno di quella salda amicizia che da molti anni ci unisce.

Ed ora – prima di cominciare – lascia che io faccia una dichiarazione, che credo necessaria per coloro che avranno la pazienza, o la bontà di leggere le mie pagine.

Non ho scritto un romanzo. I fatti ch'io narro sono veri; veri nei particolari, nei nomi dei personaggi, nei luoghi dell'azione, nei tempi in cui accaddero, e fin nei dialoghi che riporto. I galluresi potrebbero farne fede.

Insomma in generale ho voluto narrare la storia delle inimicizie di Aggius nei sette anni che corsero dal 1849 al 1856; e in particolare quella di Bastiano il muto, uno dei personaggi che vi presero più larga parte.

L'esigenza storica de' fatti mi ha costretto a far menzione di scene di sangue, che ben volentieri avrei taciuto, se lo scopo della mia pubblicazione non fosse quello di far rilevare da quali cause leggere ebbero ben spesso origine le sanguinose vendette che afflissero in ogni tempo le generose e forti popolazioni della Gallura, e specialmente di Aggius, le quali trascesero negli odi, anche per colpa dei Governi che le trascurarono sempre.

La politica d'allora corrotta e corruttrice, non faceva che avvilire quegli uomini fieri, concedendo l'immunità ai più feroci banditi, a solo patto che catturassero o uccidessero a tradimento i loro compagni; onde accadde non di rado, che un assassino volgare riacquistasse facilmente la libertà, uccidendo colui, che solamente si era fatto omicida per vendicare l'onore della propria famiglia.

Vincolato da una promessa ai cari amici di Gallura, oggi l'ho sciolta come meglio ho potuto, suggellandola col tuo nome.

Se a te ed a loro il mio *Muto di Gallura* riuscirà a manifestare l'affetto che vi porto, avrò motivo di compiacermene. Potrò dirvi con orgoglio: Son riuscito a far parlare un muto!

Enrico Costa

Sassari, 15 luglio 1884

Parte prima – Preludio

1. Nell'ombra

A passi lenti, chiuso ne' suoi pensieri, camminava per ore ed ore, alla ventura.

Di colle in colle, di balza in balza, egli si aggirava per quei dintorni, ma finiva sempre per ritornare al punto donde era partito: ad uno speco, chiuso fra tre blocchi di granito, intersecato da folte macchie di rovere e di lentischio.

La notte era buia, quantunque il cielo fosse stellato; ma quell'uomo era pratico dei sentieri e dei burroni che conosceva palmo a palmo.

Sotto il cappuccio tirato sul viso, i suoi occhi mandavano lampi; dalle falde del corto cappotto d'orbace usciva la tersa canna del suo fucile, compagno indivisibile nella sua solitudine: unico amico a lui rimasto fedele nei giorni della sventura.

Assorto in cupe meditazioni, egli teneva gli occhi fissi nel fioco lumicino, che appariva in una casetta posta sull'altura di San Gavino di Petra Màina.

Quel punto luminoso era la mèta de' suoi pensieri, la causa delle sue smanie.

Il cielo era stellato; ma che importava a lui del cielo? Nessun astro in quella notte scintillava come il lumicino che rompeva l'ombre addensatesi sulla terra.

Tratto tratto quell'uomo sussultava nascondendo il volto fra le mani; e poi rialzava la testa per fissare di nuovo la finestra lontana, con uno sguardo che tradiva l'interna battaglia di un'anima esacerbata. Nell'espressione del suo volto leggevasi il contrasto di opposti sentimenti: odio ed amore, vendetta e perdono.

Appariva smanioso, perplesso.

La lunga notte non era bastata a dargli consiglio.

Forse attraversava uno di quei punti fatali che dividono la generosità dal delitto: uno di quei momenti che possono fare dell'uomo un eroe od un assassino, decidendolo cioè a sacrificare se stesso per il bene altrui o gli altri per il proprio bene.

Il filo di luce era sparito dall'imposta socchiusa; e non pertanto quell'uomo continuava a guardare nell'ombra, come se vedesse ancora la pallida fiammella che gli bruciava l'anima e il sangue.

Stava alcuni istanti immobile, poi si alzava d'improvviso, gesticolava come un matto, riponeva sotto braccio il fucile, e ricominciava le sue escursioni, per ritornare al suo covo di belva. Sparviero irrequieto, pareva volesse librare il volo intorno al gruppo di casette, per uccidere, o per essere ucciso. Quella notte gli sembrava eterna e stanco e intirizzito guardava le vette del monte Spina, invocando la luce del giorno.

Più volte, con moto febbrile, aveva strappato dal nudo petto una medaglia di bronzo, che andava coprendo di baci e di lacrime; ed ogni volta pareva ne risentisse un refrigerio alle sue smanie. Quale arcana virtù si celava dunque in quel pegno, compagno fedele de' suoi dolori? Era forse un sentimento religioso quello che si ridestava in lui? No: perocché a quell'uomo non avrebbero potuto insegnare una preghiera, né mai egli aveva pregato!

Quell'essere misterioso era Bastiano Tansu, un giovane bandito soprannominato il *Terribile*; quel gruppo di case era l'Avru: uno dei cento stazzi seminati fra Bortigiadas ed Aggius; quel giorno era il sesto di luglio del 1857.

Il giovane bandito manifestava le sue smanie col movimento convulso delle braccia, col lampo delle nere pupille, e col grido inarticolato che gli usciva dalle labbra, come ruggito di fiera innamorata e gelosa. Né altrimenti avrebbe potuto manifestarle, perocché era sordo-muto fin dalla nascita.

La causa intima delle sue smanie era la bella figlia di Anton Stefano il pastore.

Più volte quel giovane era stato accolto nello stazzo dell'Avru, dov'era stato presentato da un suo cugino, Pietro Vasa.

Al bandito che erra per la campagna, inseguito dalla giustizia, non si nega un asilo; e l'ospitalità è sempre inviolabile su quei monti di granito; essa è un culto, una religione, un bisogno dell'anima.

In quella casetta Bastiano aveva conosciuto Gavina, e con Gavina un affetto fino allora ignorato.

Né Gavina aveva raggiunto i diciott'anni, né Bastiano i trenta. Erano giovani entrambi.

Le smanie del bandito, in quella notte silenziosa, erano giustificate da una speranza che vedeva ad un tratto svanire.

L'idea di un amore corrisposto lo aveva reso frenetico; delirante, pazzo. In mezzo ad una vita di martirio, vissuta nella miseria e nell'abbiettezza, egli per la prima volta aveva avuto orrore de' suoi delitti.

Da sette anni che batteva la campagna, era sempre stato il terrore dei dintorni. Quando si era vendicato del suo primo nemico, oltrepassava di poco i vent'anni, ma aveva molto vissuto, perché soffrire è vivere lungamente.

E il suo era stato un crudele disinganno!

Da poco Bastiano si era ritirato dalla via del delitto, e già stava per rimettervi il piede. Da quattro giorni quell'infelice si aggirava intorno allo stazzo dell'Avru per consumarvi un delitto, e per quattro giorni aveva lottato incessantemente con una forza misteriosa che tratteneva il suo braccio.

Ma l'alba tremenda stava per spuntare, ed egli l'aspettava con ansia paurosa.

Fidente in un nuovo avvenire, immemore di un triste passato, aveva per un istante sorriso alla donna. L'amore gli aveva fatto balenare la speranza d'una riabilitazione; ma fu delirio di un'ora.

Ferito nel profondo del cuore aveva giurato di vendicarsi, e la sua parola era sacra! La vendetta gli aveva suggerito quattro vittime da colpire, ma a Bastiano bastava una sola. Quale? Ecco la sua tortura, il suo martirio! Fino a quella notte aveva esitato, lottando disperatamente con la propria coscienza ma la coscienza dell'uomo aveva sempre ceduto all'istinto della belva.

E la belva aveva designato la sua vittima.

Ma chi era costui, additato da tutti come il terrore della Gallura, come il feroce tra i feroci? Qual fu la sua vita? Qual forza di eventi lo trasse così giovane sulla via del delitto? Perché la maledizione degli uomini lo perseguitò nel suo cammino, con un odio che sopravvisse alla sua morte, ad una morte più misteriosa della sua vita?

I fili di quell'esistenza erano collegati ad uno di quegli odi di parte che in ogni tempo resero famosa la Gallura in generale, ed Aggius in particolare.

In attesa dell'alba tanto invocata dal giovane bandito, accenneremo ad una storia di sangue, che potrebbe definirsi il complesso di molte storie.

2. Aggius

Gli abitanti dell'estremo lembo della Sardegna settentrionale hanno un tipo speciale, caratteristico. La loro immaginazione è fervida, il loro carattere energico, la loro tempra d'acciaio. Hanno una naturale tendenza alla poesia e i loro canti sono inspirati o da sentimenti malinconici, o da un umorismo satirico. Tenaci nell'amore quanto nell'odio, una sola parola basta per intenerirli, una sola parola per eccitarli all'ira. Risentono molto del carattere dei corsi, dei quali hanno lo slancio, la temerità, il coraggio. E corsi diconsi i primi abitatori della Gallura. È detto nella narrazione di Pausania, che essendosi accesa fra i corsi una sedizione, la parte più debole dovette cedere e rifugiarsi nella vicina Sardegna. Sebbene il Fara voglia derivata questa popolazione dai Galli condottivi coloni e il Landino da certi pisani che avevano un gallo per insegna, e il Nurra dai *Galluri*, nome dato dai côrsi agli africani ed iberi disertati dalle insegne puniche dopo la conquista dell'isola, pure è certo che la versione di Pausania è sempre la più probabile, se non la più vera.

Perocché i galluresi hanno molta analogia cogli abitanti dell'antica *Cirnus*, coi quali hanno comune la fisonomia, la lingua ed il carattere.

Fin dai tempi remoti la Gallura fu teatro di odi atroci e di tremende vendette. Per cause talvolta assai frivole, gli abitanti si dividevano in distinte fazioni, per dilaniarsi a vicenda.

Di generazione in generazione veniva trasmessa la vendetta; né rare erano le madri che mostravano ai teneri figli la camicia insanguinata del padre per mantener vivo nei loro petti l'odio al nemico; perché potessero freddarlo, divenuti adulti.

Ond'è che scene di sangue funestarono assai spesso quella terra poetica, dove i canti dell'amore venivano alternati, o confusi, coi canti dell'odio e della vendetta.

Nella Gallura, oltre la città di Tempio, sono cinque villaggi principali: Aggius, Bortigiadas, Luras, Calangianus, Santa Teresa[1].

---

[1] Appartengono pure alla Gallura, Terranova (Olbia), Nuchis, Maddalena, nonché Monti e Berchidda: sebbene questi due ultimi siano passati da parecchi anni alla giurisdizione del Tribunale di Sassari ed alla Pretura di Oschiri.

La maggior parte però della popolazione è sparsa per l'estesa campagna, in gruppi di due, tre, o quattro case cui si dà il nome di *stazzo*, specie di ovile isolato, dove vive un'intera famiglia di pastori. Gli stazzi sono aggruppati fra loro sotto il nome di *cussorgie*; le cussorgie sono in gran parte riunite in *cappellanie*, o parrocchie rurali ausiliarie, istituite dal Conte Bogino sotto il regno di Carlo Emanuele III, verso il 1759.

Secondo l'Angius, le cussorgie della Gallura sono 188; le quali comprendono 1568 stazzi, sotto sette parrocchie, cioè: San Teodoro, Santa Maria Maggiore, San Pasquale, San Francesco d'Aglientu, la Trinità di Agultu, e Santa Maria, appartenente a Castelsardo.

Aggius è uno dei più caratteristici villaggi della Gallura, tanto per la sua curiosa giacitura, quanto per i suoi abitanti fieri, nervosi, e un dì implacabili nei loro odi secolari.

Questo villaggio era già uno dei componenti il feudo di Gallura, e apparteneva ad un barone spagnolo. Nell'ultimo censimento del 1881, contava 2420 abitanti; di cui, soli 500 in paese, e 1920 sparsi nei suoi 459 stazzi, non compresi i 95 oggi disabitati.

Aggius ha le abitazioni brune, come Tempio, come Bortigiadas, come Luras, e come Calangianus; perocché le sue case sono costrutte con blocchi squadrati di granito, ben di raro intonacate di calce. All'intorno ha una vegetazione piuttosto lussureggiante; ma la sua natura è triste e fredda, come le sue case di granito. I boschi d'elci, di querce e di sugheri gli danno un aspetto singolare.

Sorride, è vero, tra le terre sabbiose e i grigi macigni rigogliosa la vite, ma è un sorriso melanconico che risente del broncio delle vecchie querce, cariche d'anni e di ghiande. Qua e là in mezzo a foreste vergini, o a vigne deliziose, tu scorgi qualche masso imponente lanciato sulla terra, non sai come, perché, né da chi; lo diresti caduto per atterrire i vecchi sughereti o i giovani pampini.

Nella Gallura tu vedi uomini alti, asciutti, nervosi, dal volto arsiccio e dall'occhio fiammeggiante; vedi dappertutto colossi di granito che sfavillano al sole, come fossero tempestati di diamanti; vedi giganti vegetali dalle chiome folte, che van mostrando i loro rami contorti e i loro tronchi anneriti dai secoli.

La natura ha colà un'intonazione perfetta: i suoi tre regni sono l'espressione della forza. Quegli uomini robusti e pieni di vigore li diresti nati dalle nozze misteriose della quercia e del granito, sotto l'ira delle tempeste: essi risentono dell'una e dell'altro.

Però, se il loro dialetto è una musica, se dolce è la loro parola, ben amaro talvolta è il loro sorriso: amaro come il loro miele, curiosa specialità di quell'alpestre regione.

E queste tre forze della natura han pur esse le feconde carezze della grazia e della bellezza. Le fanciulle più seducenti, dalla carnagione bianchissima, dagli occhi espressivi e dalle forme gentili, sorridono innamorate a quegli uomini fieri e robusti; l'edera più tenera stringe nelle sue spire affettuose i tronchi delle querce secolari; e la felce, piena di vita, si affaccia sorridente fra i neri graniti delle case, per adornarle co' colori della speranza.

Il paese di Aggius è addossato ad una strana catena di montagne che sembrano create per difenderlo.

Diresti che non siano gli uomini che abbiano fabbricato il villaggio a piedi di quella catena; ma piuttosto la natura che abbia costrutto quella barriera granitica alle spalle di Aggius.

Quei monti hanno forme bizzarre, e ti fanno pensare al famoso Resegone di Lecco, immortalato dal Manzoni.

Essi ergono al cielo le creste nude, frastagliate, capricciose; e gli abitanti guardano con un certo orgoglio quelle punte, taglienti e aguzze come il loro ingegno, come la loro lingua, come il loro coltello.

Veduto da lontano, circondato da quella catena di monti, il paese d'Aggius sembra una vittima designata al martirio.

Sono sette le punte principali che emergono dalla corona di spine, che l'avverso destino ha posto sulla fronte d'Aggius, quasi a presagio delle sventure che dovevano colpire il maledetto dagli uomini e da Dio; sette punte che potrebbero significare gli altrettanti dolori che tormentarono quella povera madre di figli sventurati, più che colpevoli.

Fra il monte Tomeusoza, il monte Tronu, il monte Fraìle, e il monte Pinna, s'erge maestoso, e più imponente di tutti, il monte della Crocetta, le cui creste sovrastano quasi il villaggio.

Sulla punta più alta di granito, che minacciosa sembra guardare il paese, vedesi una croce di legno, la quale attira l'attenzione e la curiosità del viaggiatore.

Quel simbolo ha dato il nome al monte; esso impressiona la vecchierella, la quale non può guardarlo senza farsi il segno della croce, e senza mormorare la preghiera dei morti.

3. Il monte della Crocetta

Una tradizione popolare (che corre tuttora sulla bocca dei vecchi) narra, che il diavolo abitasse un tempo sulla vetta di questo monte.

Egli, di tanto in tanto, si compiaceva d'affacciarsi ai massi di granito per guardare con occhio di fuoco il sottostante villaggio.

In quei giorni nefasti sentivasi soffiare un vento gagliardo, che, pur venendo da levante, recava dal Limbara ricoperto di neve il suo alito glaciale.

E mentre gli abitanti d'Aggius si sentivano il corpo intirizzito, il diavolo alla sua volta soffiava sulle anime loro, suscitandovi pensieri d'odio, di vendetta, di sangue.

Si diceva che gli aggesi fossero in origine d'indole serena e tranquilla e che lo spirito infernale, volendo dannare le loro anime, avesse preso stanza nella reggia di granito, ch'era in cima del monte; e si compiacesse, nelle notti insonni, di tribolare quei poveretti.

Le vecchie tremavano di paura nel loro letto, e recitavano il rosario sotto le coltri, mentre il vento furioso urlava dalle fessure delle imposte.

Il figlio dell'inferno, non potendo chiuder occhio, si divertiva a turbare il sonno dei figli della terra.

Ogni tanto il diavolo – a quanto asseriscono i vecchi – si affacciava alla rupe; e dopo aver annunziata la sua presenza con un rullo sordo e prolungato, gridava per tre volte rivolto al villaggio:

«*Aggius meu, Aggius meu; e candu sarà la dì chi ti zz'aggiu a pultà in buleu?*».

Aggius mio, e quando verrà il giorno che ti porterò via in un turbine?

La minaccia diabolica era il pronostico della distruzione del paese; e il rullo prolungato che la precedeva significava che un uomo era designato a morire di morte violenta. Così almeno diceva la tradizione.

Figuratevi lo sgomento della popolazione! Si ricorse al parroco; si chiamarono a consulto i *ragionanti* del paese; ma sempre invano. Il diavolo non se ne dava per inteso, e continuava a tormentarli.

Verso la metà del secolo XVIII, ad un zelante missionario capitato ad Aggius, venne l'ispirazione di piantare una croce di ferro sul monte, per far fuggire il demonio.

Narra la leggenda popolare, che in quella notte spirò un vento così gagliardo, che sradicò molte querce secolari e fece precipitare dai monti più d'un masso di granito. Tutte le case tremarono dalle fondamenta, ma la croce stette salda sulla punta del monte.

Udendo quel baccano infernale i popolani corsero al Rettore; il quale li rimandò a casa tranquilli, dicendo loro:

«Non temete è il diavolo che prepara le valigie per tornarsene all'inferno. Non verrà più a tormentarci».

Pare però che il diavolo non volesse rinunziare alle duemila e più anime, di cui aveva giurata la perdizione. Aveva bensì abbandonato il monte della Crocetta, ma forse per ricoverarsi sul monte Fraìle, o sul monte Pinna, donde, come in passato, continuò a soffiare il suo livore sulle anime dei buoni aggesi; i quali, alla loro volta continuarono a dilaniarsi l'un l'altro, spargendo il terrore nella Gallura.

Negli ultimi giorni di luglio dello scorso anno (1883) volli fare la salita del monte della Crocetta per esaminare i luoghi ch'io voleva descrivere.

È impossibile immaginare i disagi ed i pericoli cui si va incontro, arrampicandosi lassù, per quei massi giganteschi che ad ogni istante minacciano precipitarvi addosso.

È impresa veramente temeraria tentar l'ascensione del monte a parte di levante, com'io l'ho tentata per consiglio di una guida inesperta.

Dovetti saltar di blocco in blocco, strisciar carponi come biscia, aggrapparmi colle unghie ai graniti, abbrancare arbusti e lentischi per poi lasciarmi cadere nel vuoto chiudendo gli occhi; insomma sforzi inauditi ed esercizi ginnastici che solo potrebbe tentare un disgraziato inseguito dall'umana giustizia.

Ma vi ha di più: una volta incominciata la salita, bisogna continuarla perocché il tornare indietro è lo stesso che sfidare il pericolo di uno sfracellamento.

Era la prima volta che io visitava il monte della Crocetta, e posso assicurarvi che fu anche l'ultima.

Arrivato lassù dopo due ore di stenti, respirai a pieni polmoni, ed esclamai dal profondo dell'anima:

«Sono veramente in casa del diavolo!».

Su quel monte vidi tre cose: la croce del missionario, la Conca della Madonna, e il tamburo del demonio.

La croce del missionario è infissa sopra un masso gigantesco, quasi isolato, che misura da venti a trenta metri di altezza, e che forma il cucuzzolo del monte, bersagliato dai fulmini e dai venti.

In origine quella croce era di ferro; e vi durò oltre mezzo secolo, finché un giorno, schiantata dalla folgore, fu sostituita con altra di legno, che viene rinnovata ogni due o tre anni.

La Conca della Madonna è una specie di nicchia naturale scavata nel granito. Dicesi che la Madonna vi abitasse qualche volta, per tener lontano lo spirito delle tenebre.

Il Gran tamburo (*lu tamburu mannu*) è una gran lastra di granito a base convessa, la quale posa sopra un blocco spianato.

Basta salire sull'orlo, e far forza col corpo, perché la pietra oscilli, dondoli, e produca un rullio cupo, sordo, continuo, come il mugolio d'un tuono in lontananza.

Il Gran tamburo d'Aggius ha molta analogia colla famosa *Pietra ballerina* di Nuoro: la differenza è una sola: quest'ultima, da parecchi anni non balla più, quello invece continua a suonare.

A memoria dei più vecchi, questo tamburo è sempre esistito, e gli si annettono non so quali malefici influssi.

Dicono, per esempio, che allorquando si ode il suo rullo, è indizio certo che una persona è morta o deve morire di morte violenta.

Il parroco d'Aggius ebbe un bel mostrare la croce ai superstiziosi, per persuaderli che il diavolo se n'era andato!

Essi continuarono ad affermare che il demonio passeggiava sempre sulle sette punte, che sovrastano il loro infelice paese.

E la loro credenza era purtroppo convalidata dai fatti; perocché la Gallura continuava ad essere funestata da moltissimi delitti, consumati sotto il patrocinio del diavolo.

E ben poteva affermarlo l'estesa campagna che da Sedini si stende fino a Bortigiadas, da Bortigiadas alla Trinità di Agultu, e dalla Trinità all'estremo litorale che corre tra Castelsardo e l'Isola Rossa.

Fu il diavolo, difatti, che sul monte Fraìle protesse i falsi monetari che vi ebbero la fucina nel 1639; fu il diavolo che inspirò il terribile bandito Giovanni il Gallurese, ucciso nel 1657, mentre usciva dalla casa della sua ganza d'Osilo; fu il diavolo che sul monte Cùcaro rese invulnerabile alle armi regie tutti i malandrini che vi si annidarono dal principio alla fine del secolo XVIII; fu lui che protesse il terribile Antonio Pompita; fu lui che nel 1800 gettò lo sgomento nelle terre d'Aggius, fomentando le fazioni del Mamia, degli Addis, dei Malu e dei Biancu; fu lui che nel 1808 eccitò gli aggesi a ribellarsi con mano armata contro la legge della coscrizione; fu lui che entrò nel corpo dei traditori Stefano Buchicara, Don Giacomo Alivesi, e Giovanni Mazzoneddu, quando il primo nel 1557, il secondo nel 1671, ed il terzo nel 1802, fingendosi amici, consegnarono al carnefice le teste di Lorenzo Judas, del Marchese di Cea, e di Francesco Cilocco!

Ma nessuno era riuscito a domare quegli spiriti turbati dal demonio.

Lo stesso fra Gavino Achena d'Ozieri – il celebre missionario e poeta – non poté con la sua voce e i suoi stratagemmi comporre le inimicizie di Aggius.

Ond'è che nell'agosto del 1766 il viceré Balio della Trinità faceva conoscere, con un pregone che S. M. Carlo Emanuele aveva in animo di schiantare il villaggio e gli abitanti di Aggius[2], ond'è che il Conte di Moriana, governatore di Sassari, nel luglio del 1802, proponeva a suo fratello Carlo Felice di ridurre in cenere il villaggio, dividendo gli abitanti fra diverse popolazioni fuori della Gallura, ond'è finalmente che, per i tanti delitti commessi, il paese d'Aggius (come nota lo Spano) veniva designato in un pregone viceregio quale il più feroce dei villaggi sardi! Finché non si metteranno croci su tutte le punte dei nostri monti, i figli d'Aggius saranno sempre tormentati dallo spirito infernale. Così dicevano i vecchi del paese, sempre quando un nuovo fatto di sangue veniva a turbare quelle povere popolazioni[3].

---

[2] Vedi *Editti e Pregoni emanati per il Regno di Sardegna sotto la Real Casa di Savoia fino all'anno 1774, riuniti per comando di Vittorio Amedeo III* (Cagliari 1776).

[3] *Lettera originale in data del 12 luglio*, esistente nei Regi Archivi di Stato e da me consultata. In essa leggesi: "Contro i perfidi pastori di Aggius perché si usi il massimo rigore, senza remissione. Quella sciagurata gente è ormai arrivata al colmo dell'iniquità. Esauriti tutti i mezzi, rimane quello di ridurre in cenere quel villaggio, dividendosi gli abitanti in tante diverse popolazioni fuori della Gallura". Il Conte di Moriana morì a Sassari, e fu seppellito nella Cattedrale, dove vedesi il suo monumento, fatto eseguire dal re Carlo Felice.

4. L'infanzia del Muto

Bastiano Tansu era figlio di modesti pastori di Aggius.

Aveva parecchi fratelli, alcuni maggiori d'età, altri minori di lui.

La sua infanzia era stata tempestosa; perocché fin dai primi anni ebbe a soffrire molte umiliazioni per la sua imperfezione fisica. I suoi compagni lo maltrattavano, o lo deridevano; né tardò ad accorgersi ch'era un uomo incompleto.

Nei trastulli infantili era sempre scartato, nelle dispute sempre percosso.

Talvolta coi gesti e gli urli cercava persuadere i compagni della loro ingiustizia: ma chi comprendeva gli urli e le smorfie di quel disgraziato?

Nessuno.

Egli piangeva e si disperava, e quelli credevano che facesse uno scherzo; egli supplicava invocando un po' di compassione, e quelli credevano insultasse. Infelice! Altro mezzo non gli era dato per manifestare i suoi pensieri, all'infuori di quegli urli e di quei guaiti, i quali non facevano che provocare l'ilarità, o la celia.

Bastiano si raccoglieva in se stesso. Tra lui e il mondo esteriore non c'era alcun rapporto. Egli non poteva manifestare agli altri i suoi pensieri, né gli altri a lui. Era dunque centro d'un mondo tutto suo, e discorreva soltanto con la propria coscienza.

Tuttavia, non poteva interamente rinunziare a quei trastulli che formano il passatempo dell'età infantile. Era sempre co' suoi compagni; e andava con essi a sorprendere il nido degli aquilotti sulle vette del monte Pinna o del monte Fraìle; oppure si dava a correre in mezzo ai cespugli per far raccolta di corbezzoli d'oro o di ginestre fiorite, che tanto abbondano in quei dintorni.

La sua parte di divertimento era la più modesta, ma gli bastava. Ormai si era abituato agli altrui motteggi, o all'altrui indifferenza, e fingeva non badarvi.

Col crescere degli anni però, il suo carattere e le sue abitudini si erano modificati. Alle facili accondiscendenze era subentrato un orgoglio insolente. Bastiano entrava nel periodo della reazione.

La sordità lo aveva reso diffidente, la mancanza di lingua lo aveva reso irascibile.

Veduto che i suoi urli movevano al riso; veduto che la sua umiliazione gli provocava insulti; veduto che i suoi gesti non venivano compresi e che egli non riusciva a comprendere il gesto degli altri aveva adottato un mezzo che rispose all'intento prefisso.

Non riuscendo a farsi amare, tentò di farsi temere; alla sua lingua, che non sapeva spiegarsi, oppose i suoi pugni d'acciaio che venivano compresi.

Usando della forza e dell'audacia di cui madre natura lo aveva fornito, riuscì a farsi rispettare. Non ebbe mai altra coscienza che quella della propria forza; non sentì altra voce che quella dell'istinto.

I saggi del paese dicevano che Bastiano aveva sortito dalla nascita istinti feroci. Tutti avevano riconosciuto in lui una natura perversa; e il parroco aveva presagito e predicato in piazza, che quel muto doveva finire nell'ergastolo o sul patibolo.

Bastiano era per tutti un cattivo, tranne per i suoi fratelli e per sua madre la quale aveva una predilezione per il povero disgraziato: forse perché sapeva che i disgraziati hanno, più degli altri, bisogno d'affetto e di premure.

E il muto, dal suo canto, non amava che sua madre e i suoi fratelli; perocché essi solo al mondo comprendevano i suoi gesti e i suoi urli.

Nato senza lingua e senza udito, quell'infelice crebbe coll'odio nel cuore. Nutriva una profonda invidia per tutti gli uomini che potevano liberamente esprimere i loro sentimenti.

Egli era un derelitto, un reietto, un miserabile. Quantunque fanciullo, pur comprendeva che la natura lo aveva gettato in mezzo ad una gente più sorda e più muta di lui. Mentre all'intorno ferveva la vita e il frastuono, nella sua anima era sempre un silenzio sepolcrale ed una squallida solitudine. Non passava giorno senza che Bastiano percuotesse un suo compagno. Provava una ferocia indicibile a far del male ad altri. Non udendo i lamenti della vittima, gli era meno penoso l'ufficio di carnefice che si era assunto.

Divenuto grandicello, si era vendicato ad uno ad uno di tutti quei compagni che bambino lo avevano maltrattato, deridendo la sua infermità, ma accadeva ben spesso che il percosso era lui; perocché, accecato dall'ira, diventava temerario, e non misurava le proprie forze con quelle dell'avversario.

Chiunque fosse che gli facesse uno sfregio, non transigeva, gli si avventava addosso come una tigre, senza preoccuparsi d'una sconfitta. Sugli altri aveva una superiorità: percosso a sangue non si lamentava mai; anche vinto aveva l'orgoglio dei vincitori. Gli sarebbe parsa vigliaccheria piangere o lamentarsi in faccia al nemico che egli aveva sfidato. Anzi, Bastiano non sfidava mai, assaliva all'improvviso, senza dar campo al nemico di riaversi dalla sorpresa. Ed era questa la sua forza, il segreto delle sue vittorie.

Il muto d'Aggius non conosceva paura.

Più volte insieme coi compagni, era salito sul monte della Crocetta per dar la caccia al nido degli avvoltoi.

Giunti lassù, i compagni si mettevano d'accordo, e lo piantavano solo sul monte misterioso.

Il muto dava una scrollatina di spalle, sogghignava, e faceva ritorno al villaggio, col massimo sangue freddo. Eppure non vi era fanciullo in Aggius, capace di salir solo sulla roccia maledetta!

«Non v'ha dubbio! – dicevano in paese – il muto è figlio del diavolo, e il diavolo lo protegge».

L'imperfezione del muto, che negli uomini destava ilarità nelle donne destava anche avversione.

Quando Bastiano, più galante del solito, parlava a modo suo colle ragazze, cercando di mettere nei suoi movimenti tutta la grazia possibile, le ragazze ridevano a scrosci, per le smorfie ch'egli faceva con la bocca e per i suoni striduli che gli uscivano dalla strozza. E si allontanavano da lui mostrandogli la lingua, e facendogli le corna con le dita, per dirgli ch'era figlio del demonio.

E se i motteggi dei compagni inasprivano il muto, quelli delle fanciulle lo ferivano a sangue.

Dagli uomini sapeva difendersi coi pugni d'acciaio; ma colle donne non poteva che contorcere le braccia, mandando un ruggito ch'era un'imprecazione.

Il contegno delle donne gli diceva chiaramente che era una creatura deforme e imperfetta, messa al mondo per dar pasto agli scherni ed agli insulti de' suoi... non simili! E difatti era la natura che rinnegava se stessa, facendo tacere nel cuore della donna il supremo degli istinti, l'amore.

Non potendo vendicarsi di quelle deboli quanto belle creature, il muto soffriva crudamente.

Guai allora se gli capitava fra i piedi un compagno che gli desse la baia! Tutto il suo cruccio si riversava sul malcapitato, il quale doveva scontare a caro prezzo la sua imprudenza.

Se oggi voi domandate a tutta la Gallura, vi si risponderà che il muto era un tristo, una belva dagli istinti feroci; e che in lui già si presentiva l'implacabile bandito che doveva ricevere il battesimo di *Terribile*, e che dal 1850 al 1858 doveva gettare il terrore e la morte nelle campagne d'Aggius e di Bortigiadas.

Ma chi si arrogava il diritto di giudicarlo!

Dio aveva dato al muto un'anima espansiva; ma l'aveva rinchiusa in un corpo privo d'organi, perché non potesse manifestarsi. Dentro a quell'involucro di bronzo l'anima doveva corrodere il cervello ed il cuore. Il sordo-muto non poteva comunicare col mondo esteriore, nello stesso modo che gli uomini non potevano aver comunicazione con la sua coscienza. L'Orfeo della favola, che placava la tigre col suono della lira, non avrebbe potuto placare il muto di Aggius.

Dunque il muto era al disotto della belva.

E cogli istinti della belva, temuto da tutti per la sua forza e la sua temerità, Bastiano aveva raggiunto vent'anni.

Era legato a molti parenti, fra i quali alla famiglia Vasa, una delle più notevoli di Aggius.

Nel maggio 1849 Pietro Vasa aveva invitato tutti i parenti alla cerimonia dell'*abbraccio* che doveva aver luogo nel suo stazzo della Trinità di Agultu. Fra gli invitati erano pure i fratelli Tansu, suoi cugini, e con loro il muto, per il quale aveva una speciale affezione.

Il Vasa si faceva sposo ad una bella e ricca fanciulla di sedici anni, della quale era innamorato da oltre sei mesi. Come prescrive l'usanza di Gallura, lo sposo voleva che tutti i parenti assistessero alla cerimonia dell'abbraccio, la quale non è altro che una promessa formale, o meglio la convalidazione del contratto nuziale.

Essendo la storia del muto collegata alla storia di questo matrimonio, che fu causa di molte sventure, lasceremo per poco il nostro protagonista per occuparci dei fatti che hanno dato origine agli avvenimenti sanguinosi che funestarono il territorio d'Aggius, dal 1850 al 1856.

Parte seconda - I Vasa e i Mamia

5. Mariangiola

Fra le più notevoli persone d'Aggius, per censo, intelligenza ed onestà, primeggiava Antonio Mamia che, a buon diritto, godeva la stima generale. I consigli di quest'uomo probo erano ascoltati religiosamente e, difatti, era ritenuto come il più autorevole dei ragionanti e il più efficace dei pacieri. Perocché il giudizio del Mamia era inappellabile; ed anche il più caparbio dei litiganti avrebbe chinato con rassegnazione la fronte, ove il buon vecchio gli avesse detto: «hai torto».

Il Mamia, che non toccava la sessantina, aveva due figli: Mariangiola e Michele, la prima sui diciassette, il secondo sui quattordici anni.

Egli era un benestante: possedeva casa in Aggius, e parecchi stazzi nella regione di Vignola, dove passava una buona parte dell'anno, com'è costume di quasi tutti gli abitanti della Gallura.

Pietro Vasa apparteneva anch'esso ad una famiglia di benestanti, e godeva in paese fama d'uomo di spirito e di energia.

Piuttosto basso di statura, e col volto adorno di una barba ispida e incolta, Pietro era tutt'altro che un bell'uomo; però sapeva cattivarsi la simpatia delle fanciulle, per la sua dolce parola, per la sua grazia, e per quella fierezza di carattere che piace tanto alle donne di quella regione, che, a buon diritto, potrebbe chiamarsi la Svizzera sarda.

Era per raggiungere, o di poco oltrepassava i trent'anni e nutriva una particolare affezione per la sua vecchia madre, che teneva sempre con sé.

La sua indole irascibile e le sue maniere alquanto ruvide gli avevano creato qualche inimicizia; ma chi poteva vantarsi di non aver nemici in Gallura? Le contestazioni erano colà sempre vive, ed il Vasa non era andato immune dai rancori, che possono dirsi indispensabili su quei monti di granito, dove il vivere fra le lotte diventa quasi una necessità.

Fra le altre, il Vasa era da qualche tempo in contestazione d'interessi colla famiglia Pileri; né mai era riuscito a stabilire con essa un amichevole accordo. E la fierezza dei galluresi giunge a tanto, che, talvolta, essi rinunziano risolvere una questione, solo per non subire l'umiliazione d'essere i primi a proporre la soluzione.

Pietro Vasa si era invaghito di Mariangiola, la figlia di Antonio Mamia, una bella fanciulla, con la quale si era incontrato più volte in chiesa all'ora della messa, e al ballo che soleva farsi ogni domenica nella piazzetta del Rosario, o in quella poco distante dalla casa dello stesso Mamia.

La bella Mariangiola si era subito accorta delle occhiate languide e significanti colle quali andava perseguitandola Pietro; e, non solo se ne compiacque, ma non tardò a corrispondere alla corte di quel fiero ed energico innamorato.

Gli aggesi dell'uno e dell'altro sesso, che assistevano ai balli, in piedi, o seduti sulle soglie delle porte, seguivano attentamente la graziosa coppia che ballava la dansa con raccoglimento che tradiva le smanie amorose invano celate all'occhio dei circostanti.

Pietro e Mariangiola, con le strette di mano, e con le parole brevi e concitate, alimentavano quell'affetto, che ben presto divenne gigante.

E per vero, Mariangiola, formava l'ammirazione dei giovani e delle fanciulle d'Aggius; i primi invidiavano sospirando il conquistatore di una tanta bellezza, le seconde constatavano la superiorità della loro rivale, cosa non troppo comune, specialmente nelle fanciulle da marito.

Bisognava vederla la Mariangiola, tutta rossa in viso e cogli occhi dimessi, fare i passi cadenzati al fianco del suo Pietro! E come ci teneva a ballar con precisione e compostezza, tanto nel ballo tondo, quanto nella dansa e nel baddittu. Il suo rossore e il suo turbamento ben rivelavano agli astanti curiosi di qual natura fossero le parole che Pietro le andava sussurrando all'orecchio: parole che la turbavano ma di cui si compiaceva; quantunque di tanto in tanto le facessero perdere il tempo e le rigorose battute della dansa, nella quale i ballerini hanno le mani intrecciate in modo che le due destre si stringono sul petto dell'uomo e le due sinistre a tergo. Mariangiola era di una rara bellezza e di una grazia affascinante. (La Mariangiola era tanto bella, che gli studenti aggesi la chiamavano per antonomasia l'Elena sarda).

Il capriccioso costume d'Aggius si attagliava leggiadramente a quella figura gentile.

Le sue guancie color di rosa, il labbro sottile e gli occhi celesti risaltavano dal fazzoletto a frange, color vinaccia, che le aggesi sanno avvolgere intorno al viso con una grazia tutta speciale.

Vestiva una gonnella nera col lembo orlato in rosso: aveva un busto di velluto granato che le serrava completamente il seno; un fazzolettino di seta al collo, ed un rosso corsetto a rivolte di broccato, con maniche aperte dalle quali uscivano gli sbuffi della camicia.

Era questa la tenuta d'inverno. In estate le aggesi non portano il corsetto, ma lasciano vedere le ampie maniche della camicia strette ai polsi. Una particolarità delle donne aggesi, che impressiona molto il forestiero, è quella di chiudere il piedino nudo in eleganti scarpette. Non saprei dirvi la ragione per cui quelle care fanciulle sdegnano le calze; forse perché le sante non le usano.

Pietro era l'ombra di quella creatura svelta e gentile. La seguiva dappertutto, e specialmente nei giorni festivi.

Com'era lunga per lui la settimana!

Egli aspettava con ansia la domenica, perché potesse inebriarsi nella vista di Mariangiola.

La fanciulla usciva di casa con la mamma, ed entrava in chiesa, dove Pietro ascoltava la stessa messa.

Alla sera poi, egli non mancava all'indispensabile ballo, che gli dava il diritto di avvicinarsi a lei, di stringerle la mano e di dirle tante belle cose.

E Mariangiola aveva pochi passi da fare per recarsi in chiesa; poiché la parrocchia di Santa Vittoria è distante una trentina di metri dalla casa Mamia, dalla quale è separata dalla casetta del parroco, e dalla viottola che conduce alla piccola valle di Rischeddu.

La casa di Mamia è a un piano; vi si accede per una porta che ha due scalini verso la via, che trovasi fra due finestre basse.

Nel piano superiore è un balcone con rozza ringhiera di legno, dalla quale partono quattro listoni che reggono una tettoia sporgente, le cui tegole si congiungono con quelle del tetto principale.

Quantunque l'uomo contasse quasi tredici anni più della donna, pure Pietro e Mariangiola erano una giusta coppia, come tutti dicevano; perocché nei villaggi è appunto questa l'età prescritta per il matrimonio, essendo ben rara la fanciulla che si sposi ad un giovine ventenne. Pietro e Mariangiola, essendo simpatici a tutti, erano guardati con compiacenza e senza alcuna invidia dagli uomini e dalle donne; e tutti desideravano ardentemente di vederli accoppiati.

I due cuori si erano rapidamente accesi di una stessa fiamma, ed ormai non mancava che convalidare l'amore con un formale matrimonio.

Il Vasa cercò indagare l'animo del padre di Mariangiola, e lo trovò ben disposto a suo favore. E difatti, Antonio Mamia non poteva affacciare alcuna difficoltà, in quanto che Pietro Vasa era un buon partito; e se tale non lo avesse reputato, non avrebbe certo permesso alla figliuola la troppa dimestichezza col giovane: dimestichezza ch'era venuta a conoscenza del vecchio, ma che il vecchio aveva finto ignorare, come costume dei padri e delle madri quando si avvedono che le loro creature sono innamorate di chi a lor piace e conviene.

Questi fatti erano avvenuti nei mesi di marzo e di aprile del 1849. La primavera, che destava l'amore nella natura, aveva pur parlato alle anime di Pietro e di Mariangiola col suo arcano linguaggio. Senza addarsene, i due giovani avevano presentito il mistero della creazione.

Le due famiglie Vasa e Mamia, presi i dovuti concerti, stabilirono di comune accordo di solennizzare la cosiddetta cerimonia dell'abbraccio in una bella giornata del prossimo mese di maggio.

6. L'abbraccio

Dalla catena granitica dominata dalle punte dei monti Tomeusoza, Crocetta e Fraìle, andando giù giù, fino alla spiaggia del mare, è un esteso territorio sparso di centinaia di stazzi, tutti appartenenti al paese di Aggius.

Gli stazzi di Mamia erano nella cussorgia di Santa Maria di Vignola, poco distante dalla spiaggia del mare. Quelli del Vasa erano invece nella cussorgia della Trinità d'Agultu, parrocchia figliale istituita da monsignor Stanislao Paradiso nel 1813, per riguardo ai molti pastori stanziati intorno ad essa, distante circa tre ore dal paese.

L'abbraccio ebbe luogo in Vignola, nello stazzo Giunchiccia del Mamia.

Lo stazzo Giunchiccia si componeva di più stanze.

Oltre quella da letto, ben fornita di mobili, vi erano: la stanza del focolare (dove la famiglia soleva raccogliersi per le faccende domestiche) e la stanza che serviva di magazzino per la provvista dei frutti e del grano, il quale si conserva nella luscia, specie di stuoia di canne, ridotta a forma cilindrica.

Eravi poi l'indispensabile stanza della manipolazione dei formaggi, con la macina, gli utensili per la salamoia, i secchioni o mastelle, delle pinte, le pelli, la lana, e le forme fresche di caccio, deposte sul graticcio del focolare per essere condensate.

Gli stazzi più modesti non hanno che una sola stanza, dove sono raccolti tutti gli utensili qui sopra menzionati, nonché la macina per il grano. Venuta la sera, i membri della famiglia, compresi i servi, si sdraiano sopra stuoie, pelli, sughereti o sacchi, e dormono avvolti nel loro gabbano, o altro panno, intorno al tronco di quercia che arde sul focolare, il quale è scavato in mezzo alla stanza, ed è di forma quadrata.

Era una bellissima giornata di maggio dell'anno 1849; e fin dall'alba si notava per il territorio d'Aggius un insolito movimento. Erano i parenti e gli amici degli sposi, che, a piedi o a cavallo,

si disponevano a lasciare i loro stazzi per recarsi a quello di Giunchiccia per la cerimonia dell'abbraccio.

L'abbraccio è una specie di convalidazione del matrimonio, quasi un contratto nuziale, ed è messo in pratica anche oggidì nella maggior parte dei villaggi della Gallura.

Oltre sessanta persone, fra parenti ed amici, erano convenuti nello stazzo di Giunchiccia.

Dopo alcun tempo che questi erano raccolti nella casa del padre di Mariangiola, fu visto arrivare Pietro Vasa, attorniato e seguito da ugual numero di amici e parenti. Essi si fermarono fuori dello stazzo, e si diede principio alla cerimonia.

Un cugino dello sposo si avanzò fino all'ingresso dello stazzo, sulla cui soglia comparve un parente della fanciulla. Fra i rappresentanti delle due famiglie si scambiarono, presso a poco, le seguenti domande e risposte.

«Che vuoi tu, qui?» chiese il parente della donna al cugino dello sposo.

«Scusa, se io sono importuno. Da un mio amico venne oggi smarrita una bianca colomba, bella come le nuvolette baciate dal sole nascente, pura come le nevi che depone l'inverno sulle creste del Limbara. Il mio amico è inconsolabile; ed io vengo qui per cercare il tesoro che ha perduto».

«Mi duole della sventura toccata al tuo amico, ma devo dirti che qui non vi ha colomba».

«Fratello, non adontarti, se son costretto a non credere alla tua parola. Fu vista da taluni una colomba spiegare il volo verso questo stazzo. Essa deve essere qui; ed io non mi allontano, se tu non me la rendi. Senza di lei il mio amico morrebbe di dolore».

«Aspetta alcuni istanti, finché io possa consultare il capo della famiglia; egli forse potrebbe essere meglio informato di me».

E, così dicendo, il parente della sposa rientrò nella stanza e si rivolse ad Antonio Mamia.

«Hai tu veduto una bianca colomba, smarrita su questi monti? Essa è bella come le nuvolette baciate dal sole nascente, è pura come le nevi che depone l'inverno sulle creste del Limbara».

«Sì, l'ho veduta, ma essa è mia né fu smarrita da alcuno».

«E non vorresti cederla?».

«Sì: la cederei ad un uomo che sapesse renderla felice».

«Ebbene quest'uomo che tu cerchi è qui; ed io domando per lui la tua bianca colomba».

«E saprà rendermela felice?».

«Ne impegna la sua fede».

«La fede di un uomo onesto è già per me un'arra sufficiente. Che l'ospite amico sia il benvenuto sotto il mio tetto. Digli che gli affido la mia colomba, bella come le nuvolette baciate dal sole nascente, pura come le nevi che depone l'inverno sulle creste del Limbara».

Il parente del Mamia riferì la risposta al cugino dello sposo; e allora Pietro entrò in casa seguito dai suoi congiunti ed amici, i quali presero posto tutt'intorno nella stanza.

Il vecchio rivolse la parola allo sposo:

«Sii il benvenuto! Ti affido volentieri la mia colomba: essa è tua. Amala sempre, come l'amò il padre suo; e veglia su lei, come suo padre ha sempre vegliato!»[4].

---

[4] La similitudine in queste cerimonie, varia sempre; ora si raffigura la sposa ad una cara e graziosa agnelletta: ora ad una melodiosa capinera, ecc. ecc. Talvolta è il padre dello sposo che si reca nello stazzo del padre della ragazza per cercare la pecorella smarrita. Il messaggero fa il giro della stanza per esaminare ad una ad una le donne che vi sono sedute, fa un grazioso complimento a tutte, ma dice: «Non è questa»; finché si ferma dinanzi alla sposa dicendo: «L'ho trovata!». «Il chiedere per isposa una fanciulla sotto il velame della parabola – scrive il Bresciani – è tutto modo orientale. Nella Bibbia se ne trovano molti esempi. La moglie di Uria viene raffigurata dal profeta Natan ad un'amorosa agnelletta perduta. Sansone dà il nome di vitella alla sua sposa, ecc. ecc.».

E la cerimonia continuò nel modo seguente. I parenti, ad uno ad uno, si alzarono e avvicinandosi alla sposa la baciarono sulla fronte e le gettarono nel seno uno o due scudi di argento. Era una specie di dote che i congiunti e gli amici facevano alla fanciulla.

La sposa ricevette i baci tutta tremante, cogli occhi a terra e col volto cosparso di un pudico rossore.

Dispensati i doni e dato il saluto colle labbra, gli invitati tornarono al loro posto. E allora toccò alla sposa fare il giro della stanza per rendere ai parenti ed agli amici il bacio ricevuto, regalando a ciascuno un piccolo fazzoletto, quasi in ringraziamento della dote ricevuta.

D'ordinario, in queste cerimonie, il fazzoletto viene regalato dalla sposa a chi dà più d'uno scudo: e qui il lettore potrebbe osservare che l'usanza manca di delicatezza; essa, però, è convalidata da un'antichissima consuetudine, e nessuno ha quindi diritto di offendersene, né di mormorarne.

Spetta finalmente ai due sposi, che sono gli ultimi a chiuder la cerimonia dell'abbraccio.

Pietro e Mariangiola si avvicinarono, alla loro volta, e si scoccarono sulle guance un sonorissimo bacio.

E questo bacio fu il più sincero e il più caldo di tutti!

A questo punto vennero scambiati i doni fra i due sposi.

Pietro regalò a Mariangiola un fazzoletto di seta e il solito manafidi, che è un anello d'argento, di poco valore, rappresentante un cuore: esso costituisce il sacro pegno della fede, ed è vincolo indissolubile fra due fidanzati.

Mariangiola, dopo averlo ringraziato con un ineffabile sorriso, presentò allo sposo un fazzoletto ed un piccolo coltello col manico d'osso: pegni anche questi di fedeltà e affetto.

Qualunque sia la condizione degli sposi, sono questi i due pegni che si regalano nel giorno dell'abbraccio.

Ricambiati i doni, un giovane pastore si alzò in piedi ed improvvisò una bella poesia, dove si descrivevano le rare doti dei due sposi e la solennità del rito.

Era una vera poesia ricca di immagini, e di similitudini, come sanno improvvisarla quei popoli entusiasti e di fervida immaginazione.

Gli astanti complimentarono Pietro e Mariangiola, facendo auguri di felicità per il loro avvenire, e siccome in simili cerimonie essi hanno la minor parte della gioia, così si pensò – secondo la consuetudine – a preparare il lauto pranzo di nozze, a cui assistono i due sposi e le rispettive famiglie.

Tutta la giornata passò in baldorie ed in allegria, ma i più contenti della comitiva erano Pietro e Mariangiola, i quali nell'abbraccio avevano convalidata un'unione, che per due mesi era stata la meta dei loro ardenti desideri.

L'abbraccio è sacro in Gallura, e non può essere sciolto che dalla sola fidanzata. Né sposo né genitori potrebbero violare, anche volendolo, quel rito solenne e tradizionale.

7. Mestizia nella festa

La festa fu spontanea, schietta, vivace. Tutti i convenuti non facevano che dar la baia agli sposi con motteggi, allusioni e scherzi innocenti.

Lo abbiamo detto: in mezzo a quell'adunata i più felici erano Pietro e Mariangiola. Essi vedevano alfine realizzarsi i più cari sogni d'amore; e i lunghi sguardi, i sorrisi e le furtive strette di mano che si scambiavano di tanto in tanto, ben dicevano agli astanti quanto gli sposi volevan loro tacere.

Il chiacchierio assordante dei parenti e degli amici non preoccupava i due sposi. Essi fingevano ascoltare gli altrui motti, ma non li udivano. La felicità li rendeva egoisti. In mezzo a quella moltitudine si sentivano soli, in mezzo a quel frastuono si beavano del silenzio che li circondava.

Il pranzo fu lauto e sontuoso, come suole essere in simili circostanze. Trattavasi di ristorare oltre centocinquanta persone, e si può immaginare quanti vitelli, montoni e capretti furono sacrificati sull'altare dell'amore, in omaggio ai due sposi.

Gli scherzi, le risa, il chiaccherìo si protrassero per oltre cinque ore.

Verso l'imbrunire una buona parte degli invitati augurarono la buona notte alla famiglia e si accinsero a far ritorno ad Aggius, o ai propri stazzi.

Mentre nel piazzale si preparavano le bisacce e s'insellavano i cavalli, i parenti più stretti e i più vecchi amici se ne stavano ancora a tavola, risoluti di ritornare ai loro casolari a notte inoltrata.

Erano circostanze che non si ripetevano con frequenza, e però ognuno voleva divertirsi approfittando della generosità di Antonio Mamia, il padrone di casa.

E i brindisi, gli auguri e i complimenti continuarono ad alternarsi in mezzo a quella gioia schietta che facilmente si riscontra in tali cerimonie, fra gente povera di censo, ma ricca di cuore e di sentimento.

In un angolo di quella stessa stanza, vicino alla finestra, v'era tuttavia un gruppo di persone che sembrava non prender parte alla gioia che sfavillava da tutti i volti. Quel gruppo era composto di un fanciullo, di un giovane e di una vecchia.

Il fanciullo era Michele Mamia, fratello di Mariangiola.

Sdraiato sopra un basso sgabello, appoggiava la testa sul grembo della vecchia, la quale sedeva su d'un secolare cassone di abete.

A pochi passi da loro era il terzo personaggio. Bastiano il muto. Dando le spalle alla finestra, e colle braccia conserte al petto, egli fissava la vecchia ed il fanciullo che gli stavano dinanzi.

La vecchia settantenne era la madre dello sposo, di Pietro Vasa. Il suo volto, sereno e venerabile, spiccava dal bruno fazzoletto, dal quale sfuggivano alcune ciocche di capelli con riflessi d'argento. Essa guardava con aria pietosa il biondo fanciullo che aveva fatto guanciale del suo grembo; e gli andava carezzando la capigliatura, quasi per fargli conciliare il sonno. Ben sapeva che Michelino aveva bisogno di riposo, dovendo egli alzarsi all'alba per recarsi al lavoro col babbo.

I tre volti avevano un'espressione melanconica che contrastava col frastuono e con la gioia che regnavano nello stazzo.

Occupati unicamente dagli sposi, gli altri non badavano a loro; ed essi si compiacevano di quella noncuranza che favoriva il loro raccoglimento.

Il sole era calato dietro i monti lontani dell'Asinara, lasciando all'orizzonte lunghe strisce infuocate, le quali gettavano un'onda luminosa dentro la stanza, dov'erano raccolti i festeggianti.

Nei commensali già cominciava a notarsi quella stanchezza che si prova alla sera di un giorno di festa, dopo aver libato ad un pranzo più lauto e più abbondante del solito.

Il chiacchierio continuava ancora, ma era un chiacchierio stanco, compiacente, quasi convenzionale. I parenti e gli amici aspettavano che Pietro si alzasse, per accompagnarlo al suo stazzo della Trinità di Agultu; ma Pietro aveva poca voglia di lasciar la tavola, dove stava tanto bene vicino alla sua fidanzata.

Egli non considerava che il tempo, il quale per lui fuggiva, scorreva assai lento per gli altri. Solito egoismo di chi è felice. Il muto sempre immobile, non faceva che osservare la vecchia ed il fanciullo, che pareva riposasse.

Ma Michelino non dormiva. Quantunque sentisse le palpebre più pesanti del solito, pure lottava col sonno; e mentre con abbandono appoggiava la testa sul grembo della vecchia, teneva gli occhi sempre fissi sul volto della sorella la quale era seduta vicino a Pietro Vasa, dimenticando quanti li attorniavano.

Era pur strana la melanconia di quei tre personaggi in mezzo alla gioia comune! Si sarebbe detto che un pensiero triste, un penoso sconforto e un triste presagio dominasse quelle menti e che un misterioso vincolo unisse fra di loro quelle tre creature.

Eppure, essi non avrebbero dovuto rimanere indifferenti alla cerimonia che si compiva nello stazzo per convalidare il sacro patto che univa Mariangiola a Pietro! Quella vecchia era la madre dello sposo: la sposa era sorella di quel fanciullo.

Pietro sulla terra, non aveva amato alcun essere più di sua madre; e Mariangiola nutriva una speciale tenerezza per il suo fratellino Michele, oggetto continuo d'ogni sua cura e d'ogni suo pensiero.

Pietro e Mariangiola erano però sposi e il loro amore doveva assorbire ogni altro amore.

Ed era questo il pensiero fisso che occupava la mente della vecchia e del fanciullo in quel giorno solenne: un pensiero geloso che, l'uno all'insaputa dell'altro, celavano nel profondo del cuore.

La madre di Pietro guardava con occhio diffidente la Mariangiola, destinata a toglierle l'affetto di suo figlio. Nel matrimonio la sposa vien sempre a togliere il posto alla madre; la quale tarda a persuadersi che il suo ufficio finisce là dove comincia quello della moglie. La gioia segreta di far ballare sui ginocchi i figli dei figli non basta a soffocare la crucciosa invidia che prova una madre nel veder sottentrare alle sue cure un'altra donna. E da ciò i dissapori e l'incompatibilità di carattere fra suocera e nuora.

Il fratello di Mariangiola, dal canto suo fissava con dispetto Pietro, che doveva portargli via la cara sorella. Il fanciullo non poteva comprendere come per uno straniero, per uno sconosciuto, Mariangiola potesse dimenticare chi l'aveva amata per tanti anni d'un profondo affetto. Nella sua piccola mente accusava quasi d'ingratitudine la sorella; ma non sapeva ancora che il potente affetto che provava per lui la fanciulla, non era altro che l'istinto della famiglia, che nella donna comincia a rivelarsi con la tenerezza per le bambole.

Tali erano i pensieri che attraversavano la mente di quella vecchia e di quel giovinetto nel giorno dell'abbraccio di Pietro e di Mariangiola.

E il muto?

Con le braccia serrate sul petto, Bastiano guardava la vecchia e il fanciullo, che gli stavano da presso. Egli ammirava quella testa bionda, vicino a quella testa bianca, il riposo della giovinezza in grembo alla vecchiaia, il tramonto che sorrideva all'alba, il debole che sorreggeva il forte.

Anche lui provava un sentimento d'invidia per tutti. Per lui non vi erano state mai feste, per lui non vi era stato mai amore.

Il muto era là per far numero. Dai sorrisi, dall'espressione dei volti, dai gesti delle persone, da tutto l'insieme delle cose che andava osservando, si accorgeva che in quella casa tutti erano felici. Avrebbe voluto esprimere anch'esso i suoi sentimenti, ma non poteva parlare. La natura maligna gli aveva inchiodato la lingua al palato; aveva posto una barriera di granito tra gli uomini e lui.

E assisteva alla festa col cruccio nel cuore, ripensando alla sua giovinezza e ai compagni che lo avevano deriso, percosso, ma egli era l'uomo di pietra; doveva assistere all'altrui gioia senza poter manifestare un suo pensiero, senza percepire il pensiero degli altri. Ecco perché il sordo-muto era triste come la vecchia e come il fanciullo!

La fatalità aveva riunito quei tre personaggi, che pur dovevano aver tanta parte negli odi destinati al dilaniare le due fazioni dei Vasa e Mamia. Fila misteriose vincolavano quei tre esseri innocenti. Il destino aveva loro tracciato la strada che dovevano percorrere. Due di essi erano designati come vittime, il terzo come carnefice! Arrivò finalmente l'ora del commiato e della partenza. Pietro Vasa si alzò; e dopo aver dato una stretta di mano ed un bacio alla sposa ed al futuro suocero, si accostò alla vecchia.

«Madre mia, andiamo. Vi ho fatto troppo aspettare, non è vero? Dovete perdonarmi, perché son cose che non capitano due volte nella vita!».

La vecchia sorrise amaramente, e si accostò alla sposa che baciò sulla fronte.

Mariangiola le restituì il bacio con trasporto mentre due lacrime di gioia le irrigavano le guancie.

Entrambe piansero, senza darsene ragione. Erano vivamente commosse.

La sposa si accostò al fratello, e dopo averlo accarezzato gli disse:

«Sei stanco, povero Michele? Va dunque a letto, e riposa».

Il fanciullo rispose mestamente:

«Lo so, Mariangiola. D'ora innanzi non avrò più le tue carezze. Il babbo caccia di casa la nostra colomba per darla ad uno sconosciuto!».

Al muto non si accostò alcuno. La comitiva cominciava già a sfilare, ed egli era sempre là, vicino alla finestra, cogli occhi a terra e colle braccia sul petto.

Il vecchio Mamia gli batté infine sulla spalla, per dirgli coi cenni che rimaneva solo.

Il muto lo ringraziò; e accennando col dito alle sue orecchie sorde, gli fece capire che non si era mosso perché non aveva sentito le pedate della gente. Mandò quindi un rantolo cupo per esprimere un ringraziamento ed un saluto; ed uscì dallo stazzo per accompagnare suo cugino Pietro Vasa.

I pastori degli stazzi di Vignola si presentavano alla soglia dei loro abituri per salutare lo sposo e il suo seguito che si dirigeva alla Trinità d'Agultu.

E così terminò la bella giornata di maggio, e la cerimonia dell'*abbraccio* che doveva lasciare un indelebile ricordo nell'animo dei Vasa e dei Mamia.

8. Odio vince amore

Tra la famiglia dei Vasa e quella dei Pileri – lo abbiamo detto – era un'antica ruggine che, invece di diminuire, andava sempre crescendo. Alcune questioni d'interessi tennero accese per lungo tempo le contestazioni, quantunque le due famiglie fossero imparentate, avendo un Pileri sposato la sorella di Pietro Vasa.

Nell'agosto del 1849 – due mesi dopo l'abbraccio – nacquero dei puntigli fra i membri delle diverse famiglie, e la cosa parve prendere serie proporzioni. L'origine del malumore risaliva ad alcune capre di Salvatore Pileri trovate uccise entro un chiuso ad orzo di Pietro Vasa. Il Pileri pretendeva che quest'ultimo si dichiarasse autore di un tal dispetto, ma il Vasa respinse sdegnosamente l'accusa, e rifiutò ogni dichiarazione.

I Pileri, per evitare un forte attrito, decisero di rivolgersi al Mamia, col quale erano legati con vincolo di più stretta parentela. Essi dissero:

«Sappiamo che Pietro Vasa fra non molto farà parte della tua famiglia. A te spetta sistemare le nostre vertenze; ché altrimenti potrebbe venirne danno allo sposo ed alla tua figliuola. Bada dunque di risparmiar dispiaceri a te ed a noi!».

Il vecchio Mamia, uomo saggio e prudente, s'incaricò di appianare le questioni; e si mise all'opera, fidando nella propria influenza ed autorità.

E difatti, due sere dopo, rientrando in casa trovò il Vasa, che era venuto a far visita alla fidanzata, e gli disse:

«Senti, Pietro, ti ho accordato con piacere la mano della mia figliuola, perché ti conosco per un uomo dabbene. Vorrei però che tu ti mettessi in pace co' tuoi avversari. Capirai bene che io non vorrei disturbi in famiglia. Essendo stato per diciassett'anni latitante per un delitto che mi si voleva apporre, ben so per prova quanto costi il prendere la campagna per mettersi al sicuro dai nemici».

Il Vasa che in quel momento parlava con Mariangiola, troncò a metà il discorso incominciato, si fece serio e volgendosi al vecchio gli rispose freddamente:

«Che importa a voi delle nostre questioni private? Coi Pileri ha solo da vedere il mio fucile; in esso sono due canne con tre palle per ciascuna: sarò abbastanza generoso dando loro la scelta. Altro non posso fare!».

La risposta superba del giovane non andò troppo a sangue al Mamia, il quale pertanto volle contenersi.

«Pietro, tu sei un galantuomo; e sono persuaso che ti abboccherai coi Pileri per...».

«Mi recherò da loro, sì; ma col berretto sotto l'ascella!» interruppe il Vasa con alterigia.

[È questa un'espressione assai frequente in bocca dei galluresi, quando vogliono dire che non si recheranno dal loro nemico, se non per accompagnarne la salma al camposanto; e ciò alludendo all'usanza di tenere il berretto sotto l'ascella quando si fa parte di un corteo funebre, o religioso.]

«Bada, Pietro! – riprese il vecchio corrugando la fronte e cambiando tono – sii ragionevole. Se vuoi far parte della mia famiglia, è d'uopo che tu rinunzi ad ogni idea di vendetta. Sarei costretto a negarti Mariangiola, se tu persistessi nel tuo proposito!».

«Ed io sarei costretto a rinunziare alla tua figliuola, se mi si chiedesse la conciliazione co' miei nemici!» rispose fieramente il Vasa.

Mariangiola afferrò con affetto le mani di Pietro e divenne pallida. Ma Pietro non sentiva più le carezze né vedeva il pallore della fidanzata. Il vecchio Mamia continuò colla stessa

flemma:

«Le parole che tu pronunci in questo momento non sono quelle di un uomo sano. Tu non ami Mariangiola!».

«È grande l'amore che io porto alla tua figliuola – esclamò vivamente Pietro – ma è assai più grande l'odio ch'io nutro per i Pileri!».

In quella camera si trovavano la vecchia madre del Vasa e il giovane fratello di Mariangiola.

Michele corse a carezzare la sorella che si era lasciata cadere sopra una sedia: e la vecchia afferrò Pietro per un braccio, cercando di frenar l'ira che trapelava dai lineamenti alterati del figliolo.

«Lasciatemi! non ascolto ragioni!» gridò Pietro fuori di sé; ed uscì dalla stanza seguito dalla madre, senza curarsi degli spasimi della fidanzata e dello sdegno del futuro suocero.

Il vecchio Mamia si accostò lentamente alla porta per seguire cogli occhi i due che si allontanavano; quindi tornò e si fermò dinanzi ai suoi due figli che si tenevano abbracciati. Michele diceva alla sorella:

«Via Mariangiola, lascialo andare quel cattivo! Ti farò io da sposo… Sei contenta?».

«Finitela!» esclamò il vecchio rivolto all'uno e all'altra. «Non fate ragazzate! Egli ritornerà; ritornerà, perché non si abbandona così una fanciulla quando si è abbracciata. L'abbraccio non può essere sciolto che dalla sola sposa: e tu non hai intenzione, non è vero, Mariangiola?».

«Io no padre mio!».

Il Vasa però, non tornò in casa del Mamia; ed invano Mariangiola lo aspettò per due, quattro, e dieci giorni.

Era evidente che si era piccato e voleva tenere il broncio.

Con tutto ciò, il vecchio non volle più oltre inasprire il fidanzato della sua figliuola; temendo di essersi lasciato trasportare da un eccesso di collera, aspettò pazientemente che il tempo avesse apportato un po' di giudizio nel cervello di Pietro.

Passarono altri quindici giorni, ma Pietro non varcò la soglia della casa Mamia; forse nella speranza che il suocero finisse per smettere i suoi rigori.

Sugli ultimi di agosto accadde un fatto, che, per quanto in apparenza insignificante, bastò per complicare gli avvenimenti.

Alla terza domenica del mese, in cui ricorre la festa di Santa Maria di Vignola, sogliono i devoti portare una bandiera alla rispettiva chiesuola per sciogliere un voto o promessa.

In tal circostanza fu domandato in prestito a Pietro Vasa un suo cavallo, il quale, per la bellezza delle forme e per la robustezza dei muscoli, formava l'ammirazione di quanti lo vedevano.

Questo cavallo, già da qualche tempo, era tenuto nella scuderia di Antonio Mamia, né Pietro aveva pensato a ritirarlo, segno evidente che egli accarezzava la speranza di far ritorno alla casa della fidanzata.

Terminata la funzione, fu ricondotto il cavallo allo stazzo del Mamia; ma quel giorno il vecchio, o perché fosse più di cattivo umore del solito, o perché inasprito da recenti dicerie, rimandò indietro il giovine che portava il cavallo dicendogli che la sua scuderia non serviva per le bestie altrui.

Quest'azione ferì a sangue Pietro; e dice la cronaca, che l'innocente cavallo fu la prima e vera causa delle inimicizie che si accesero più tardi fra le fazioni dei Mamia e dei Vasa; nel modo stesso che alcune capre dei Pileri, entrate a pascolare nei terreni del Vasa, avevano gettate le prime basi di un altro odio implacabile.

Si cominciò a comprendere da entrambe le parti che le cose prendevano una cattiva piega; e un altro mese trascorse fra puntigli, messaggi, dicerie.

I buoni amici cercarono di conciliare gli animi, in considerazione dell'amore dei due fidanzati e dei riguardi che meritava il vecchio Mamia; né mancarono allo stesso tempo i cattivi amici, i quali fomentavano gli odi dei dissidenti col riferire, inventare, od esagerare le parole e i discorsi che venivano proferiti dalle due famiglie.

I due nemici però furono inconciliabili; poiché se il Vasa stava sul tirato, il Mamia non era tal uomo da cedere facilmente agli altrui capricci.

«Io sono il più vecchio» egli diceva. «Spetta dunque a Pietro sottomettersi».

Non è a dire quanto ne piangesse e ne soffrisse Mariangiola, e quali scene accadessero ogni giorno in casa.

Il vecchio si sentiva intenerirsi alla presenza della sua creatura; ma per quanto l'amasse, avrebbe meglio desiderato vederla morta, anziché umiliarsi al superbo che lo aveva offeso.

Molti ragionanti e alcuni sacerdoti si presentarono al Mamia per fargli presente il dolore della Mariangiola, la quale doveva rinunziare ad un uomo che amava, e che le aveva giurato eterna fede. E a tanto giunsero le preghiere e le esortazioni del Rettore e dei probi uomini di Aggius, che il vecchio padre propose di far accompagnare la sua figliuola allo stazzo della Trinità da due stretti parenti, i quali l'avrebbero consegnata allo sposo.

Egli però – lo dichiarava – non si sarebbe mai indotto ad accompagnare sua figlia, né a metter piede in casa del superbo genero.

[Si assicura, che difatti il Mamia avesse affidata la sua figliuola a vari suoi congiunti, i quali, insieme ad alcuni parenti del Vasa, si portarono una mattina alla chiesa rurale di San Pietro di Ruda (luogo prestabilito) dove sarebbesi pur trovato Pietro Vasa e donde si sarebbero tutti recati alla Trinità di Agultu per la celebrazione del matrimonio. Se nonché, arrivata sul posto la comitiva, invano attese per più ore l'arrivo di Pietro. E stavasi già in pensiero, quando arrivò colà Michele Tansu per avvertire quelle rispettabili persone che Pietro Vasa si era assentato dal proprio stazzo fin dal giorno precedente, e che era inutile aspettarlo. Si può immaginare il furore di Mamia quando dai congiunti gli fu restituita la figliuola.]

Non rimaneva dunque più altro, che far la restituzione dei doni; ma anche questa pratica, in apparenza così semplice, provocò molte contestazioni. Noti il lettore la fierezza dei galluresi, la loro tenacità negli odi, e la scrupolosa raffinatezza della loro suscettibilità.

Affacciata agli amici del Vasa e del Mamia la convenienza della reciproca restituzione dei doni, scambiati fra gli sposi nella cerimonia dell'abbraccio, nessuno dei due volle esser il primo a metterla in pratica.

«Io non voglio chiedere i doni alla sposa – diceva il Vasa – perché sarebbe un confessare che il torto è dalla mia parte. Tale umiliazione non voglio subirla!».

«Io non devo restituire i doni allo sposo – diceva il Mamia – questo atto potrebbe significare che riconosco il mio torto. Non intendo intaccare la mia dignità per nessuna cosa al mondo!».

E per due mesi l'uno e l'altro furono irremovibili in questa decisione: tanto che si dovette ricorrere ad un consiglio di arbitri, o di ragionanti, ciò che nell'espressione gallurese suol dirsi sottomettersi alla ragione.

Dopo lunga e seria discussione, i cinque arbitri, scelti di comune accordo dalle due parti, pronunciarono il loro giudizio, dando unanimemente il torto a Pietro Vasa ed assolvendo il Mamia.

Il Vasa, rassegnato, piegò la fronte all'inappellabile verdetto, e inviò un suo incaricato in casa di Antonio Mamia per riprendere i doni fatti a Mariangiola, e per restituire quelli che aveva ricevuto da lei.

Tralascio di descrivere il dolore e la disperazione della povera fanciulla, quando dovette togliersi dal dito l'anello d'argento per consegnarlo al messo spedito dal suo Pietro.

In un attimo ella vide svanire tutte le speranze d'amore; coll'anima straziata ella diede un ultimo sguardo al manafidi, a quel pegno bugiardo a cui aveva confidato i più bei sogni della vita, a quel talismano che le aveva parlato d'una casa, d'uno sposo e d'una famiglia, a quel dono infine, che per l'ultima volta ella bagnava di lacrime e di baci.

Pietro non pianse, né si commosse.

Egli lo aveva ben detto: in lui l'odio era più forte dell'amore! Indignato oltremodo, e volendo esprimere la sua noncuranza e il suo disprezzo per la fanciulla, si recò alla parrocchia d'Aggius, e si fece rilasciare dal Rettore la dichiarazione di stato libero, per la quale sborsò tre lire sarde.

[Dicesi, che ottenuto il certificato di stato libero, il Vasa volendo maggiormente indispettire il Mamia, si affrettò a riconciliarsi coi Pileri indennizzando questi dei pretesi danni. Tanto nel suo cuore era penetrato il puntiglio!]

Fu l'ultimo colpo che annunziava la rottura d'ogni promessa. Il vecchio fremette, Mariangiola non sapeva che piangere: e pianse.

Antonio Mamia, rientrando in casa, trovò la figliuola che si struggeva in lacrime. La rampognò severamente, e le disse:

«Mariangiola, gli uomini come Pietro non si piangono mai. Quando commettono azioni simili, essi sono indegni di far parte di un'onesta famiglia. Il giorno in cui vedrò una lacrima nei tuoi occhi, ricordalo bene! quel giorno cesserai d'essere mia figlia; sarà indizio che non senti l'onta gettata da quell'infame sulla mia casa».

Così dicendo, il vecchio uscì. Michele si accostò alla sorella e la baciò sulla guancia.

«Sorridi, via, al tuo fratellino!» le disse. «Ora posso dirtelo: odiavo quell'uomo che voleva toglierti alla nostra casa. Egli non poteva che apportarci sventura!».

Mariangiola esclamò sommessamente:

«E chi ti dice che non l'apporti?!».

9. Il battesimo del Muto

Quattro mesi erano trascorsi dagli avvenimenti da noi narrati. Tra le fazioni dei Vasa e dei Mamia regnava quella calma glaciale che d'ordinario è foriera di tempesta. La folgore stava per scoppiare; pareva che gli animi esacerbati aspettassero il più lieve appiglio per provocarla. Perché quella sosta? Era facile immaginarlo: perché ogni fazione voleva un valido pretesto per dar sfogo all'ira, e per avere il diritto d'inferocire sull'avversario. Soliti riguardi di scrupolosa cavalleria!

Quattro mesi, però parvero troppo lunghi; e fu deciso di finirla.

D'altra parte non poteva nascere alcun dubbio: vi era un oltraggio da vendicare, dunque il primo pensiero doveva rivolgersi all'oltraggiatore!

Era il 19 marzo 1850.

Pietro Vasa, fin dalla mattina, si era recato alla chiesuola di San Giuseppe di Cucurenza per assistere alla messa.

Era un giorno di festa per i galluresi, e Pietro aveva voluto santificarlo.

Terminata la funzione religiosa, verso mezzogiorno, Pietro si era messo in cammino per far ritorno allo stazzo, dove l'aspettava la vecchia madre.

Giunto a metà strada, in un punto ingombro di macchie di lentischio, sostò alquanto per accendere la sua pipa. In quel momento si udirono due spari di fucile. E Pietro cadde a terra gravemente ferito da tre palle.

Alcuni pastori, che per fortuna passavano colà accorsero a lui, gli fasciarono le ferite e lo trasportarono al suo stazzo, dove ricevette le prime cure.

Sapendolo in pericolo di morte, il parroco della Trinità di Agultu si recò subito da lui per confessarlo e lo esortò a perdonare ai suoi nemici.

«Sì!» rispose il Vasa con voce spenta «che tanti angeli li accompagnino in vita e in morte!».

Ma mentre il prete si avvicinava alla porta per andarsene il Vasa si rivolse a un suo parente che gli stava al capezzale, e gli disse solennemente e con significato:

«Ricordati che mi hanno ucciso!!!».

Il prete tornò indietro indignato:

«Pietro!... che vai dicendo? Io non posso più ascoltarti; cerca un altro confessore!».

[Questo fatto mi venne riferito dallo stesso prete, allora rettore della Trinità di Agultu.]

Si aspettava che da un giorno all'altro Pietro Vasa spirasse; eppure – vero miracolo – egli migliorò, e dopo una settimana era fuori di pericolo. Fu trasportato dallo stazzo ad Aggius, e più tardi da Aggius a Tempio per sottoporlo a più rigorosa cura, e dopo un mese poté ripigliare le sue forze e le sue faccende.

Chi era stato l'autore di quell'agguato? Due versioni corsero in proposito: gli uni ne accusarono Mamia per l'oltraggio fatto alla figliuola, gli altri i Pileri, per gli antichi dissensi e per i continui dispetti che ricevevano dal Vasa.

Ad ogni modo il tiro veniva dai Mamia imparentati coi Pileri. Il dado era gettato, e cominciò da quel giorno la strage sanguinosa che doveva durare per sei anni.

Ferito il Vasa, i suoi parenti pensarono di farne le vendette e fu Michele Tansu che si incaricò del colpo.

Poche settimane dopo il ferimento di Pietro Vasa, trovandosi il Tansu in compagnia di un suo cugino s'imbatterono in due parenti del Mamia, e scaricarono su di essi i loro fucili.

Uno di loro cadde ferito.

Ma i parenti del Vasa non menarono vanto di questa vendetta per lungo tempo.

Verso gli ultimi di aprile, il vecchio padre del ferito vendicò suo figlio uccidendo Michele Tansu, e nascondendone il cadavere nella campagna di Aggius.

[Fu detto che il Tansu, in compagnia d'un altro, avessero tentato di sorprendere il vecchio, che stava seduto in un suo orticello, coltivato a fave. Andata a vuoto la scarica da loro fatta, il vecchio puntò il suo fucile verso i fuggenti, e uccise il Tansu. Onde più d'uno disse, che il Tansu si avesse procurata la morte da se stesso.]

Gli stessi nemici fecero correre in paese la voce della vendetta fatta, e si può immaginare quale impressione produsse negli aggesi la notizia ferale.

Quella morte misteriosa e la sparizione del cadavere rendevano più luttuoso l'avvenimento.

Le ire, le bestemmie i giuramenti di vendetta correvano di bocca in bocca.

Gli uomini imprecavano i vivi, impugnando i loro fucili; le donne piangevano i loro morti, mandando al cielo grida strazianti.

Michele Tansu era fratello di Bastiano, il sordo-muto.

Quando a costui fu comunicata la disgrazia che lo aveva colpito, poco mancò non diventasse pazzo. Colle narici dilatate, cogli occhi fuori dell'orbita fissò istupidito l'incauto messaggero, quasi credendo scherzo la ferale notizia. Abituato ad esser deriso, tardò a prestar fede all'asserzione.

Quando però un secondo, un terzo, tutti gli confermarono l'assassinio, mandò un cupo ruggito e prese la campagna.

Pareva un forsennato, quantunque tutti conoscessero Bastiano per un giovine di spiriti bollenti e facile all'ira, pure si era ben lontani dall'immaginazione che la morte del fratello potesse produrre in lui una così terribile impressione.

Tutta quella sera e il giorno seguente il muto corse la campagna. Andò di stazzo in stazzo, si spinse fino alla spiaggia, e visitò le cussorgie della Trinità e di Vignola, chiedendo sempre di Michele.

Dopo aver cercato il suo fratello vivo, quell'infelice cominciò la ricerca del fratello morto: visitò tutti gli antri e le gole; osservò attentamente ogni crepaccio di granito ed ogni macchia di lentischio, e si diede persino a graffiare colle unghie la terra, quando gli pareva che fosse smossa di recente.

Le sue indagini furono vane.

Spossato, stanco, fuori di senno, sedette su un'altura, e si diede a contemplare tutta la grande distesa della campagna sottostante. Volgeva intorno le pupille stralunate, chiedendo agli uomini il suo Michele, dilatava le nari, quasi volesse fiutare il sangue dell'assassinato; stringeva i pugni e li mostrava al cielo, quasi imprecando ad esso perché gli negava il conforto di abbracciare un cadavere.

Il sole era sceso dietro ai monti dell'Asinara, le tenebre erano calate sulla natura; ma il muto non volle abbandonare il suo posto.

L'assassinio del fratello aveva destato nell'animo del muto tutti i peggiori istinti e insieme con essi un prepotente bisogno di sfogare il cruccio che covava nel cuore.

La sua strada era stata tracciata dal destino, né titubò un istante ad ubbidire alla voce insistente e misteriosa che dal fondo della sua coscienza lo eccitava al delitto.

Tornò a casa preoccupato, pensoso, ma calmo in apparenza.

Non confortò i più stretti parenti che si disperavano, non badò agli amici che lo compiangevano, o fingevano compiangerlo per maggiormente irritarlo.

Pietro Vasa, sopra tutti prese a consolarlo in un modo singolare: più che condoglianze per la sciagura accaduta, pareva desiderio di fomentare l'odio in quell'uomo, facile ad accendersi.

Quel giorno il muto afferrò per la prima volta un fucile, e giurò di mai più riporre il piede nel suo paese.

Gli uomini non l'avevano compreso, ed egli studiò il modo di farsi comprendere; la natura gli aveva chiuso la bocca, ed egli pensò di far parlare la bocca del suo fucile.

Le sue smanie, le sue preghiere la sua disperazione non potevano ridonare la vita al suo Michele; ma che perciò?

Se non era in suo potere dar la vita ai morti, ben sapeva che avrebbe potuto dar la morte ai vivi.

Il giovane sordo-muto, fin'allora trastullo dei suoi compagni, si innalzava terribile sopra gli uomini. Il sangue di suo fratello gli gridava vendetta; ma egli giurò di spargerne tanto, fino a placare l'ombra dell'istinto.

10. Una partita sleale

Era una splendida mattina, la mattina del 15 agosto 1850, giorno sacro dell'Assunzione, una delle feste più solenni della cristianità.

I pastori della Gallura si erano recati alle chiesuole delle diverse cussorgie per assistere alla messa. Era un giorno di divertimento, si errava qua e là per santificare coll'ozio la solennità della festa. Il solo paese d'Aggius ha nel suo territorio tredici chiese rurali; e le feste popolari più frequentate dai pastori sono appunto quelle della Vergine Assunta e del Rosario.

Dal campo di Coghinas, tutto solo, veniva un giovinotto biondo, guidando a tiro un cavallino, sul quale erano due sacchi di grano. Era Michele, il figlio di Antonio Mamia, il fratello di Mariangiola.

Egli veniva dall'aia, ed era diretto ad Aggius incaricato di trasportare il frumento che doveva servire per la provvista di casa.

Poco importava a quel fanciullo del giorno solenne, per lui era sempre festa; libero come gli uccelli, egli non viveva che d'aria, di luce e di canti.

Veniva passo passo, canticchiando una canzone tempiese una di quelle canzoni che sono la vita di quel popolo entusiasta, che nasce colla poesia nel cuore e sulle labbra.

Il fanciullo era allegro, ma strano invero! la sua canzone era mesta.

La sua voce squillante ed argentina echeggiava per i campi silenziosi; e ad essa rispondevano in coro le capinere e i cardellini, che gorgheggiavano tra le frondi degli elci e dei lentischi.

Erano alcune strofe di Don Gavino Pes, il poeta più popolare della Gallura, il Metastasio sardo, come lo chiamò Valery.

Lu campu no si 'esti
Di gala più, né d'allegri culori:
In abiti funesti
Mi si mustra la rosa e l'alti fiori;
L'albureddi frunduti
Tutti pal me di luttu so' vistuti.

Il paziente cavallo, colla testa bassa e con passo stanco seguiva lentamente il giovine conduttore, il quale interrompeva tratto tratto la sua canzone per sollecitarlo a camminare.

Il fanciullo era già arrivato a mezza strada, e misurava coll'occhio la distanza che lo divideva dal suo paese.

Giunto ad una svolta, e mentre cantava i due versi:

E di la primaera
È vinuta pal me l'ultima sera,

si udì uno sparo di fucile.

La canzone spirò sulle labbra di Michele, il quale si fece pallido. Non ebbe neppure il tempo di guardare donde venisse il colpo: cadde prima sulle ginocchia, poi stramazzò supino, e chiuse gli occhi per sempre.

Il cavallo, con la testa bassa, continuò la sua strada inciampando ad ogni passo nella lunga corda che si tirava dietro.

Verso le due dopo mezzogiorno, la moglie e la figlia di Mamia erano sedute al telaio, nella loro casetta d'Aggius. La vecchia consolava la Mariangiola che non poteva darsi pace dell'abbandono di Pietro.

Ad un tratto s'intese come un mormorio confuso che man mano andava crescendo; come il tumulto di una folla che irrompesse nelle vie del paese.

Madre e figlia si fecero paurosamente alla porta; e un orribile spettacolo si offerse ai loro occhi.

Una folla piangente attorniava e seguiva due pastori, i quali portavano una specie di barella improvvisata con frasche d'elci e di lentischi. Su quella barella avevano adagiato il cadavere di Michele.

Furono grida, spasimi, lamenti che straziavano l'anima, e che la penna rifiuta di descrivere. I parenti, gli amici, le comari, le donne del vicinato, tutti aggiungevano i loro pianti al pianto d'una madre e d'una sorella che si strappavano i capelli, pazze dal dolore.

Fu subito chiamato Antonio Mamia, che trovavasi in campagna.

Il vecchio arrivò in paese l'indomani all'alba. Aveva la faccia del color della morte, e le mani in preda ad un tremito convulso; ma i suoi occhi non mandarono una lacrima. Tutto il suo dolore si era concentrato nel cuore, e la sua mente non si preoccupava che di un solo pensiero, quello della vendetta.

Colle braccia conserte sul petto, egli fissò più volte il suo figliuolo, che parea dormisse; indi si mise a passeggiare da un capo all'altro della stanza, in preda ad una smania febbrile.

Invano gli astanti cercavano di consolarlo: egli non ascoltava nessuno. Dava un rapido sguardo a quel volto color di cera e a quelle membra irrigidite dalla morte, e continuava a passeggiare in mezzo ai pianti ed alle grida dei parenti e delle comari che ingombravano la sua casa.

A un certo punto, una giovinetta diciottenne, ch'era stata taciturna in un angolo della stanza, uscì nelle seguenti lamentazioni, con un linguaggio orientale, biblico. Era una specie di nenia, l'*attìtitu*, che molto spesso si pronuncia nei funerali, da persone anche della famiglia[5].

«La tua vita era un raggio di sole, una melodia d'amore, un olezzo di gelsomino; e pertanto sei sceso nel sepolcro, dove non v'ha conforto di luce, di suoni, o di profumi. E fu sventura!

I compagni ti dicevano forte, le fanciulle bello, le madri buono; e pertanto la morte ti ha colto all'impensata, non rispettando il tuo vigore, la tua bellezza, e la tua bontà. E fu perfidia!

---

[5] La prefica improvvisatrice soleva essere d'ordinario la più giovane; essa tesseva le lodi dell'estinto, e talvolta eccitava i parenti alla vendetta. Quest'usanza, molto in voga nella prima metà del secolo, andò man mano decadendo, ed oggi è quasi cessata. Ben è vero però, che anche oggidì le madri, le sorelle, e i parenti che assistono ai funerali, prorompono in nenie, rammentando le doti dell'estinto.

Eri verde ramoscello pieno di fronde e di vita; e crescevi rigoglioso, carezzato dai venti, ma gli uomini t'han reciso dal vecchio ceppo, forse paurosi del tenero virgulto, destinato a diventar robusta quercia. E fu vigliaccheria!

Com'eri bello, o Michele, quando scendevi dalle colline di Giunchiccia, cantando i versi della capinera! Le giovinette si nascondevano dietro alle siepi per vederti passare, e si mormoravano all'orecchio la parola d'amore. Ed ora giaci in mezzo alla stanza; né più dal labbro ti escono le canzoni della primavera!

Eri bello! e te lo dissero le fanciulle d'Aggius, quando piene di grazia e di lusinghe ti danzavano intorno. I tuoi occhi, tanto affascinanti, erano azzurri come il nostro mare di Vignola e scintillavano come il granito delle nostre montagne; avevi i capelli biondi come le spighe che ondeggiano sui campi di Coghinas e le guance rosate, come l'aurora che saluta gli aggesi dai colli di Calangianus. Le donne di Vignola t'han chiamato bello, ed è perciò che gli uomini della Trinità t'hanno ucciso!

Ed ora riposi, pallido fanciullo, sopra il gelido letto, dove non sei spirato, e dove la madre non ha potuto chiuderti gli occhi. Il sangue che ti scorreva nelle vene era ardente come l'acqua solforica che bolle ai piedi di Castel Doria; ed ora è aggrumato sulla tua ferita, freddo come l'acqua dell'Ampolla che sgorga sulle vette del Giugantino!

[La fontana dell'ampolla è sul Limbara; così chiamata perché dicesi che immergendovi una bottiglia, questa si rompe sotto l'azione del gelo.]

Tu dormi, ma il tuo sonno è di morte. Né raggio di sole, né profumo d'aprile, né bacio d'amore potranno ridestarti alle gioie del mondo.

A te dunque la tomba, o Michele; a tua madre le smanie delle disperazioni; ed ai parenti il grido della vendetta. A noi soltanto, sconsolate figlie della Gallura, le tristi note del dolore!

Piangi anche tu Mariangiola! Piangi con noi, o giovinetta tradita ai piedi dell'ara! Strappa dalla pura fronte la corona di sposa, e spargine i fiori sull'altare insanguinato, dove t'hanno ucciso il fratello! Va, ti rinserra nella stanza nuziale, non consacrata dal bacio d'amore; cingi la fronte con un serto di spine, e impreca ai Vasa ch'han deluso i tuoi voti!

Oggi è un giorno di lutto. Venite, venite, o vergini della campagna, ad intonar meco la canzone del pianto! Non vedete voi che il vento della sera reca in giro i pètali del fiore! Piangete dunque, o vergini sconsolate, poiché quest'anno i nostri mandorli non porteranno frutti!

O fiorita ginestra dei campi d'Aggius, noi ti mandiamo l'ultimo saluto, giacché forza umana non potrà ravvivare il tuo stelo reciso. Chi non darebbe la metà del suo sangue per rivederti in mezzo a noi? Nessuna vergine di Vignola negherebbe di posare le sue labbra ardenti sulla tua bocca di gelo, se un bacio d'amore potesse ridonarti alla vita! Ma il bacio di fanciulla innamorata non può destare alcun fremito vitale sulle membra irrigidite dalla morte!

Piangiamo insieme, vergini di Gallura: il nostro fiore è caduto!».

Antonio Mamia sempre cupo e meditabondo, senza preoccuparsi delle nenie della fanciulla, si era piantato dinanzi al tavolo funebre, dove era disteso il cadavere, coi piedi rivolti alla porta d'uscita[6].

Stette alcuni minuti con gli occhi fissi sul figlio; poi con voce calma, ma improntata di amaro sarcasmo, pronunciò lentamente le seguenti parole:

«Povero fanciullo! Han fatto una bella prova, togliendoti dal mondo! Per fermo al tuo assassino sarà tremata la mano nel prenderti di mira! Guai se non ti avesse colpito, mio povero figliuolo! Può andar superbo il mio nemico del colpo fatto; e avrà ragione di vantarsene coi valorosi campioni della famiglia Vasa».

La madre dell'ucciso, intontita dal dolore, era sorda ad ogni parola di conforto. Accoccolata in un angolo della stanza, non pronunciava che queste parole:

«Lu mè còri».

[Cuore mio. Espressione molto abituale in Gallura.]

---

[6] Anche l'uso di mettere i morti coi piedi alla porta riscontrasi nei popoli orientali, come le nenie. Leggesi nell'Iliade d'Omero:

D'acuto acciar trafitto egli mi giace

Nella tenda co' piè volti all'uscita,

E gli fan cerchio i suoi compagni in pianto.

La morte di Michele aveva commosso e indignato tutta la Gallura. Era un fatto nuovo a memoria d'uomo; perocché nelle secolari inimicizie si erano sempre riguardati come sacri i fanciulli e le donne; anzi il macchiarsi del loro sangue costituiva nelle vecchie tradizioni tal viltà, che non veniva mai perdonata.

Non solo si erano fin'allora rispettate le deboli creature, ma in ogni tempo era stata scrupolosa consuetudine differire la vendetta, sempre quando un nemico avesse incontrato l'avversario (a piedi o a cavallo) in compagnia di una donna o di un fanciullo.

A questo proposito mi piace far menzione di un'inimicizia sorta appunto in Gallura, per essersi violata la generosa consuetudine.

Nel 1775, non solo non si rispettò il nemico che trovavasi in compagnia di una donna, ma insieme a lui si uccise la nuora incinta (la pastorella Teodora) che sedeva in groppa dello stesso cavallo.

E bastò questa viltà perché fra due fazioni si accendesse una guerra sanguinosa.

La sera del 16 agosto la salma di Michele fu portata a seppellire nel piccolo cimitero di Aggius.

Una folla di congiunti e di amici andò dietro al feretro facendo gran piagnisteo, come vuole l'usanza di quasi tutti i paesi della Gallura.

Il vecchio Mamia seguì cogli occhi il funebre corteo; soffrì torture atroci, ma ebbe la forza d'animo di non mandare un lamento, né di versare una lagrima.

Mi si disse in Aggius, che due giorni dopo la morte del fanciullo, fu veduto il Mamia seduto sulla soglia della propria casa, fumare la sua pipa tranquillo in viso. Quella calma fece paura a molti! Era indizio certo, che quel vecchio meditava un sinistro pensiero!

Dall'altura del monte della Crocetta un uomo incappucciato guardava il corteo funebre che s'incamminava al cimitero.

Quell'uomo era Bastiano Tansu, il sordo-muto. Era mestissimo, e commosso; poiché mentre reggeva con una mano la testa, coll'altra tergeva le lacrime che scorrevano abbondanti sulle sue guance.

Era pietà vera? era rimorso? Non so dirlo.

La voce pubblica aveva accusato Pietro Vasa come autore della morte di Michele; ma chi poteva asserirlo? Il vero feritore s'ignora quasi sempre in queste guerre fratricide; tutti i membri di una famiglia sono solidali nell'esecuzione della vendetta; poco conta conoscere la mano che ferisce; si sa che la mente è una sola, e basta! La morte di un nemico è sempre ascritta ad una fazione, non mai ad un individuo!

Il muto scese dal monte della Crocetta quando le ombre scesero sopra il villaggio. Egli s'internò nella campagna, poiché si era volontariamente proscritto dal paese natio, per sfuggire alla giustizia degli uomini:

Quella di Dio non la temeva.

11. La rivincita

Non eran trascorsi che cinque giorni dalla morte del povero Michele.

Nel cuore della notte quattro individui appartenenti alla fazione del Mamia erano raccolti in uno stazzo escogitando una pronta ed adeguata vendetta. Anche nel consumare un delitto si suol mettere lo scrupolo e la delicatezza!

Si sceglieva la vittima sulla quale doveva pesare il loro cieco furore; e la questione era un po' complicata, trattandosi d'un fatto singolare.

Per una legge barbara, convalidata in Gallura da un'antica consuetudine, alla morte violenta d'un fanciullo non potevasi opporre che la morte d'altro fanciullo, o di una donna. In altro modo non si potevano equilibrare le partite. Dente per dente, infamia per infamia, vigliaccheria per vigliaccheria: così era scritto nel codice gallurese, sanzionato da un odio implacabile.

Uno degli astanti pronunciò un nome, e tutti applaudirono alla felice idea, lodando chi l'aveva manifestata. I Vasa avevano ferito il Mamia nel più santo de' suoi affetti, nell'amor di padre; orbene, i Mamia dovevano ferire il Vasa nel suo affetto più santo, nell'amore di figlio. Fra i due capi fazione doveva essere uguale lo strazio dell'anima: Antonio Mamia si era strappata la barba dinanzi al cadavere del suo giovane figlio, e Pietro Vasa doveva trascinarsi cieco d'ira dinanzi al cadavere della vecchia madre. Un rimorso doveva rodergli il cuore, quello di aver dato la morte a colei cui doveva la vita!

Il giorno dopo, verso sera, con passo tardo e vacillante, la madre di Vasa usciva al solito dal suo stazzo della Trinità per recarsi alla vicina fonte, portava sulla testa il tinello con l'uppu[7] e nella mano destra il rosario.

La vecchierella pregava; pregava sempre per il suo figliuolo, esposto agli agguati del nemico, pregava per i suoi parenti e per i tanti padri di famiglia che minacciavano divorarsi l'un l'altro.

A mezza strada una palla di piombo la colpì nel petto, e cadde.

Fu trovata colà, agonizzante, con una mano sul cuore, e col rosario nell'altra. Pareva sorridesse alla morte.

Come tigre ferita Pietro Vasa accorse all'annunzio ferale; si chinò disperato sul corpo della madre; la scosse, la strinse al petto, la chiamò, la baciò, ma inutilmente.

La vecchia aveva gli occhi socchiusi e le mani irrigidite dalla morte; respirava ancora, ma non riconobbe suo figlio.

L'amore che portava Pietro alla vecchia madre era un culto, una religione, un delirio. Anche oggidì si parla in Gallura della singolare impressione che ricevette il Vasa quando apprese l'orribile notizia.

Non seppe mai darsene pace; e, finché visse, bastò il semplice ricordo di quella barbara fine per renderlo crudele ed inumano con chicchessia.

---

[7] Recipiente di sughero con lungo manico di legno, usato in molte regioni della Sardegna per attingere l'acqua dal tinello.

«Vigliaccherie!» gridò il Vasa. «Uccidere una donna, una vecchia cadente! A che dunque è ridotta la nostra Gallura? Miserabile razza dei Mamia! Il tuo valore non consiste che in simili imprese; ma ben altro è il nostro! Voi non siete buoni che a far posare canocchie, noi però faremo posar fucili»[8].

«Vigliacchi, vigliacchi, vigliacchi!».

Così esclamava Pietro, accecato dal furore: e gli facevano coro i componenti la sua fazione; ma tutti dimenticavano che la prima vigliaccheria l'avevano commessa i loro, assassinando un povero fanciullo quattordicenne.

L'uomo però non è che un egoista e nel misurare l'oltraggio ricevuto, dimentica facilmente quello che egli ha recato ad altri.

Inginocchiato vicino al cadavere della madre di Vasa, e assorto in profondi pensieri, stava Bastiano il muto.

Egli ripensava fremendo alla cerimonia dell'*abbraccio*, compiutasi un anno prima nello stazzo di Giunchiccia. Colà egli aveva veduto il giovine Michele posar la testa sulle ginocchia di quella vecchia. L'uno e l'altro erano scesi nella tomba, vittime innocenti di un odio infernale. Il muto si asciugò una lagrima, e fu la seconda che gli sgorgò dagli occhi dinanzi ad un cadavere!

---

[8] Arrumbà rocchi, oppure fusili, significa appoggiare al muro, in un angolo della stanza, la canocchia od il fucile; e siccome gli uomini galluresi non lasciano mai lo schioppo, e le loro donne stanno sempre in casa a filare, Pietro alludeva alla morte degli uni e delle altre, a seconda l'oggetto che loro appartiene.

Il giorno seguente la salma della madre di Pietro fu portata nel piccolo camposanto della Trinità di Agultu. Tutti gli amici e i parenti alzavano al cielo i loro lamenti, né mancarono le comari che improvvisarono le solite nenie, dove si encomiavano le rare doti dell'estinta, deplorando il tristo avvenimento.

L'assassinio della vecchia fu imputato dalla voce pubblica ad uno dei Pileri che aveva in moglie la sorella di Pietro Vasa.

Il supposto feritore fu arrestato e la sorella di Pietro proclamò l'innocenza di suo marito, giurando a tutti che in quel giorno egli trovavasi presso di lei.

I fratelli le tennero il broncio e non le parlarono più; ma la povera donna sfidò l'odio ingiusto del Vasa, e protestò sempre energicamente contro l'arresto del suo innocente marito.

12. La posta al cinghiale

Dal giorno dell'assassinio della madre di Pietro Vasa, non vi fu più tregua. Era un continuo succedersi di combattimenti sanguinosi e di uccisioni: una caccia di fiere che si davano uomini contro uomini.

Era un lutto generale; il terrore regnava sovrano in quelle contrade. Sul far del giorno, prima di recarsi in campagna, i figli abbracciavano i padri, le sorelle abbracciavano i fratelli, come se mai più si dovessero rivedere. Non erano sicuri di ritornare la sera in seno alla famiglia. E lungo la giornata erano ansie, spasimi trepidazioni; preghiere a Dio ed ai santi. Un ritardo li spaventava; una fucilata li faceva trasalire.

Né avevano torto di temere a tal segno. Si correva rischio di esser uccisi in campagna, in paese, e persino sulla soglia della propria casa. Zii, nipoti, cugini, congiunti di terzo e quarto grado, tutti cadevano da una parte e dall'altra, senza tregua.

Potrei ma non voglio più oltre far nomi; la penna si rifiuta ad enunciare il numero delle vittime cadute in quell'eccidio. Perché il lettore possa farsi un'idea delle stragi che funestarono la campagna d'Aggius dal 1850 al 1856, mi basterà accennare, che il numero dei morti fra le due fazioni superò la cifra di *settanta*, e che nella statistica dei cinque anni furono registrate oltre quaranta vedove.

[Mi risulta da relazioni ufficiali, che gli omicidi commessi nelle inimicizie dei Vasa e dei Mamia ascesero alla rilevante cifra di 74, tra i consumati e i mancati. E si noti che i mancati furono pochissimi, poiché l'aggese (come suol dirsi) sa mettere la palla dove mette l'occhio.]

I due capi fazione, senza mai stancarsi, continuarono ad eccitare i congiunti e gli amici alla vendetta e alla strage. Ed erano ben singolari quei capi! L'uno vecchio, freddo stratego, che dirigeva l'esercito dalla sua tenda; l'altro giovane ardente, che era generale e soldato ad un tempo.

Pietro Vasa, fin dal primo attacco, aveva preso la campagna per sfuggire alle insidie dei nemici e dei carabinieri. Egli contava sopra un braccio forte, sul braccio di suo cugino Bastiano, il muto.

Costui, non solo aspettava che Pietro gli designasse la vittima da colpire ma non risparmiava il nemico se gli capitava fra i piedi. Il suo occhio come il suo fucile non fallivano mai!

Quando stabiliva di disfarsi di qualcuno, i suoi occhi mandavano lampi, i suoi muscoli si contraevano e persino la sua lingua paralizzata sapeva trovare una parola: *lu tumbu!* Parola che nel suo linguaggio di fiera significava: lo uccido!

Il muto era strumento del Vasa, e questi sapeva valersene perché possedeva il segreto d'insinuarsi nell'animo di quel disgraziato che somigliava più ad una belva che ad un uomo.

Eppure, strano invero! mentre tutta la Gallura designava il muto come il più inesorabile dei sicari, nessuno avrebbe saputo nominare le vittime da lui immolate: vi è chi afferma, che Bastiano non odiasse e non perseguitasse che i soli uccisori del fratello. Quanti omicidi imputati ai Vasa, ai Pileri e ai Mamia furono invece commessi dal muto! E quanti delitti, al muto imputati, furono forse consumati da assassini che seppero nascondersi nell'ombra e nel silenzio!

Il vecchio Mamia era rimasto fin'allora incolume. Esperto generale, aveva saputo deludere gli agguati del nemico, e si guardava bene dall'esporre la sua vita. Dalla sua casetta d'Aggius, o dai suoi stazzi, sapeva dirigere i feroci scontri; ai quali dava il nome di giusta vendetta. Nessuno sapeva come e quando il Mamia uscisse di casa per visitare le sue campagne e i suoi stazzi; né quando e come rientrasse nel suo covo.

Nel giorno di San Giovanni il vecchio voleva recarsi alla campagna di Pietro Carlotto, situata a poca distanza da Tempio.

Diversi amici lo avevano più volte avvertito di non fidarsi, perché gli avversari potevano preparargli un brutto tiro. Il Mamia disprezzò i saggi consigli; continuò a fidare nella sua sagacia,

e rispose agli amici ch'era troppo sicuro di sé.

La mattina del 24 giugno 1855 – giorno di San Giovanni – Antonio Mamia non mancò di recarsi alla solita campagna. Invano i suoi amici tentarono di dissuaderlo; egli fu irremovibile, e vi andò. Pareva che il destino lo trascinasse per i capelli sul luogo del supplizio.

Mentre in compagnia di un amico guadava il rio Valdidonna, si udì una scarica di fucili, e Antonio Mamia cadde colpito a morte da una palla. Venti e più uomini fin dal mattino si erano appiattati dietro ai graniti ed ai lentischi, aspettando al varco il formidabile nemico, come si aspetta un cinghiale. La sua morte era inevitabile; perocché tutti in quel giorno, erano decisi di fargli fuoco addosso, fino a freddarlo. Il compagno del Mamia prese la fuga; e gli fu sparato contro, più per fargli paura che per intenzione di ferirlo.

Il vecchio capo della fazione Mamia era caduto; né è a dirsi quanto ne gioissero in quel giorno Pietro Vasa ed i suoi. La morte del vecchio non salvava Pietro dall'ira degli avversari; ma che perciò? Antonio Mamia era stato ucciso*per il primo*, e ciò costituiva una soddisfazione ed una vittoria per il partito avverso.

13. Le paci d'Aggius

Nei tre o quattro mesi che precedettero l'agguato da noi descritto, si era verificata una certa tregua nelle uccisioni; appena però fu ucciso il vecchio Mamia, i suoi parenti si destarono più inferociti che mai, e ricominciarono gli assalti ed i delitti.

La popolazione della Gallura era ormai stanca di cinque anni di lotte, di ansie e di paure; si aveva bisogno di un po' di quiete, e tutti la desideravano ardentemente.

Il Governo vedendo infruttuosi i tentativi fatti per mezzo della forza, aveva pensato di tentare le paci fra i due partiti; così almeno, se non era riuscito ad impadronirsi dei colpevoli, avrebbe impedito nuove uccisioni e nuove stragi in Gallura.

L'Intendente di Tempio – allora Angelo Conte – cominciò ad accordare salvacondotti ai fuorusciti; e primo fra tutti chiamò presso di sé Pietro Vasa per persuaderlo alla conciliazione coi suoi nemici.

Il Vasa aveva ascoltato le parole dell'Intendente colle braccia sul petto e col capo chino, in atteggiamento d'uomo che rifletta alla risoluzione che deve prendere.

Appena ebbe udito la proposta, levò con alterigia la fronte corrugata, e rispose risoluto:

«Sta bene: vi darò la risposta». E fece per andarsene.

«Hai forse bisogno di consultare qualcuno?».

«Sì, consulterò mia madre. Se essa mi dirà di sì, acconsentirò volentieri a far pace coi Mamia».

«Che vuoi tu dire?».

«Voglio dire, che io perdonerò ai miei nemici, sol quando mia madre, ch'essi hanno ucciso, tornerà dall'altro mondo per darmene il permesso».

«Pietro! – gli disse l'Intendente con piglio severo – Anche al vecchio Mamia hanno ucciso un figlio, e se non erro, fu ucciso prima di tua madre!».

Pietro non rispose.

«Sei molto più superbo di loro, o Pietro! Parmi che i Mamia, nell'accettare la conciliazione, siano più generosi di voi. Ad essi fu ucciso il capo, tu invece sei vivo!».

Pietro continuò a tacere; l'ostinato silenzio in cui egli si chiuse, ben fece capire all'Intendente che ogni ulteriore esortazione sarebbe riuscita vana.

Il Vasa tornò alla campagna, e per altri otto mesi non se ne fece niente. Gli odii e le uccisioni ripresero il loro corso.

Ma ciò che non poté il Governo, lo poté infine la religione.

Il Rettore d'Aggius, Leonardo Sechi – oggi vicario di Tempio – si prese l'incarico di ridurre alla ragione quelle belve.

Egli era molto amato in paese, e godeva a buon diritto la fiducia generale; era stato lui che aveva favorito la cerimonia dell'abbraccio; lui ch'era stato fra gli arbitri nelle diverse questioni sorte fra i Vasa e i Mamia; lui infine, a cui i due partiti avevano fatto le più segrete confidenze.

Di comune accordo colle persone più saggie ed influenti del paese, e col concorso di Raimondo Orrù (Intendente di Tempio, succeduto al Conte) il Rettore riuscì a persuadere le due fazioni dei Vasa e dei Mamia a riconciliarsi.

I principali capi delle due famiglie nemiche si recarono a Tempio muniti di salvacondotto, e furono presi i necessari accordi per la cerimonia delle paci. E ciò avvalora le parole rivolte dal Re Carlo Alberto al Padre Bresciani: valere, cioè in Sardegna, più una dozzina di buoni missionari, che dieci reggimenti di soldati.

Eppure, poco mancò che le paci non andassero a monte per la seconda volta. Altre contestazioni, all'ultim'ora, sorsero fra le due famiglie avversarie. Michele Pileri (che capitanava la fazione Mamia dopo la morte del capo) non voleva che sulla spianata di San Sebastiano, insieme agli altri, si schierassero due parenti di Pietro Vasa, non compromessi con la giustizia a causa della fazione, bensì come sicarî, avendo essi assassinato un uomo mediante compenso.

Il Vasa, dal suo canto, rifiutava recisamente di accettare le paci, se non intervenivano alla cerimonia i due coniugi che si volevano scartare.

Così almeno fu trattato, e questo prova l'onestà e la fierezza di quei galluresi: i quali, pur accecati da un odio implacabile, sdegnavano di aver a fianco chi si era macchiato di sangue umano per ingordigia di danaro, non per scopo di vendetta.

Il momento era decisivo: trattavasi di oltre cinquecento persone compromesse, già radunate in un luogo stabilito per intendersi sulle paci; trattavasi, che ciascuna delle due fazioni teneva pronti, in piede di battaglia, quattordici uomini scelti, che all'occasione potevano fare una strage; trattavasi, infine, del pericolo di rendere inutili le pratiche fatte per indurre gli avversari ad un accordo che doveva apportare la pace e la tranquillità nella Gallura.

E la buona riuscita di questa conciliazione si deve in gran parte al giudice d'Aggius Celestino Concas, che incaricato dall'Intendente Orrù, e venuto a colloquio co' nemici, fece sì che Pietro Vasa rinunziasse alla presenza dei suoi due parenti sul campo di San Sebastiano, col patto però, che le paci con essi si sarebbero stabilite più tardi, nella chiesa di San Francesco.

Il 26 maggio 1856 fu un giorno memorabile per la Gallura.

Nel famoso campo di San Sebastiano – quasi alle porte della città di Tempio – fin dall'alba accorrevano a frotte uomini e donne dai vicini villaggi e dalla campagna.

Erano famiglie intere dell'una e dell'altra fazione, che convenivano là per la sospirata pace. Gli avversari volevano darsi il bacio del perdono alla presenza di un ministro che avrebbe loro parlato la parola di Cristo.

Era il mese di maggio. Sette anni precisi dal giorno dell'abbraccio, che aveva avuto luogo nello stazzo di Giunchiccia nel 1849.

Oltre seimila persone erano in quel campo, fra attori e spettatori, offesi e difensori, testimoni e curiosi.

Non mancava alcuno, neppure un fanciullo; perocché la mancanza di esso sarebbe bastato per far rompere le paci. Si sarebbe potuto dire, che il fanciullo assente, non legato a giuramento, pensasse a far le vendette diventando adulto. Vi assistevano anche molte signore; tant'è vero, che il Vasa ebbe a dire ad un suo vicino essere venute a curiosare e a far sfoggio di ricche vesti.

Sopra un palco costrutto per la circostanza, sormontato da un gran crocifisso, era il ministro della chiesa, il Padre Carboni, frate scolopio, venuto appositamente da Sassari.

Da una parte e dall'altra, divise in due schiere, a dieci passi di distanza, erano due lunghe file di avversari: a destra del frate i coniugi del Vasa, con a capo Pietro, a sinistra quelli del Mamia, guidati da Michele Pileri.

Il frate cominciò a voce alta la sua predica, esortando quei feroci alla pace ed al perdono, in nome di Cristo.

Terminato il sermone, le due schiere si slanciarono l'una verso l'altra, ed offesi ed offensori si baciarono sulla guancia.

Narra la cronaca, che fra le schiere ci fosse un fanciullo ostinato, che non voleva baciare sul viso alcuno degli avversari, e non fu che dopo mille preghiere ed esortazioni che si decise ad accostare la bocca alle guancie del nemico di suo padre. Quest'incidente turbò alquanto la cerimonia, ma fu cosa di un momento.

Era uno spettacolo commovente.

Quasi tutta la Gallura assisteva a quel solenne perdono; e molte donne, e vecchi, e fanciulli scoppiarono in pianto, forse ripensando ai tanti morti che giacevano sotto terra, colpiti dall'odio e dalla ferocia. Oltre la metà dei componenti le due fazioni vestivano ancora il lutto!

E doveva essere uno spettacolo imponente, vedere quella moltitudine composta d'uomini e donne, di vecchi e di giovani, di fanciulli e di bambine, tutti là, intorno a quella chiesa in rovina e col tetto a metà smantellato, posta nel centro di un campo estesissimo, dal quale si domina uno stupendo orizzonte!

A tramontana la punta della Balestra, le montagne di Padule, e più in là il monte Crosta della Corsica; a mezzogiorno la città di Tempio, da cui spunta il campanile della cattedrale col suo gallo irrequieto; a levante la catena dei monti di Limbara; a ponente, infine, le frastagliate punte dei monti d'Aggius col sottostante paese, centro delle tremende inimicizie che lo avevano decimato.

I tre villaggi di Nuchis, Luras, e Calangianus erano là sotto, quasi a testimoni di quel solenne giuramento.

Verso sera, il campo era sgombro, i curiosi spettatori erano rientrati nelle loro case, e le turbe venute per le paci avevano fatto ritorno ai proprî paesi od alla campagna.

Per la prima volta, sui loro volti si leggeva la serenità e la fiducia poiché finalmente potevano camminar sicuri, senza tema d'esser colti all'impensata dai nemici.

E ho detto senza tema, perché la parola del gallurese è sacra; e dopo aver concesso il bacio del perdono, è ben difficile trovar chi manchi alla promessa ed al giuramento.

In mezzo agli odi di parte che li rendono quasi crudeli, torna ad onore dei figli della Gallura questo sentimento di dignità, di cui si mostrano tanto gelosi.

Fra i mille individui che formavano le schiere degli avversari convocati per le paci, due sopra tutti avevano attirato la curiosità degli astanti: Pietro Vasa, l'antico fidanzato di Mariangiola, e causa prima delle inimicizie; e Bastiano il muto, in fama del più sanguinario dei fuorusciti, e l'unico che avesse opposto resistenza, quando fu pregato d'intervenire alle paci.

Ad ogni modo, il 26 maggio del 1856 fu per Aggius una giornata memoranda. Nel paese si fecero feste; e gli abitanti, tutti commossi, si abbracciarono l'un l'altro, come se si fossero riveduti, dopo sette anni di separazione.

[La stessa notte del 26 maggio l'Intendente Orrù aprì le sue sale a molte notabili persone, fra le quali ai capi principali delle fazioni Vasa, Pileri e Mamia. Fu offerto uno splendido trattamento di vini e dolcerie; ed un pastore improvvisò una poesia di circostanza, la quale in pochi giorni corse sulla bocca di tutti, ed è tuttora viva in Gallura. Eccone la prima strofa:

Fistini Tempiu faci,

Faci festa la Gaddura:

E ca la paci assigura

Vera paci in cori senti,

Vivia, dunca, l'Intendenti

Veru strumentu di paci!]

Parte terza – Gli amori del bandito

14. Un raggio nelle tenebre

Fatte le paci, il muto riprese il fucile, che durante la cerimonia aveva deposto nella casa di un suo amico di Tempio, lasciò il campo di San Sebastiano, e si diresse ad Aggius per la viottola tortuosa che allora vi conduceva.

Che importava a lui delle paci concluse fra le due fazioni? Egli continuava ad essere il perseguitato dall'umana giustizia, e la sua condizione non era mutata. Tutti i suoi conterranei erano ritornati alle proprie case per godere in seno alla famiglia un po' di quiete e di pace, egli però non poteva ciò fare, poiché non aveva casa né famiglia. Il suo covo erano i crepacci di granito e le spelonche dei monti d'Aggius e di Bortigiadas. Quale il suo vantaggio? Invece di due, doveva guardarsi da un sol nemico, dal carabiniere!

Negli stazzi era una festa continua; i giovani e i vecchi, donne e fanciulli si erano riuniti insieme, tranquilli finalmente. Erano cessate le loro ambasce, i loro timori, le loro trepidazioni.

Per il muto niente di nuovo; per lui le paci erano state una pantomima ridicola; aveva veduto un mondo di gente sul campo di San Sebastiano; aveva veduto i due avversari schierati l'uno in faccia all'altro, facendo gesti strani; aveva veduto un sacerdote colle braccia levate al cielo e con le labbra contratte, ma non aveva udito né le preghiere del ministro di Dio, né la parola de' suoi nemici.

Per lui quella cerimonia era stata una formalità a cui si era piegato senza coscienza.

Che sapeva egli di accordi? Sapeva solo che i parenti lo avevano circondato, trascinato a Tempio con un salvacondotto, e costretto a prestare un giuramento.

Il muto si era accompagnato col Vasa, suo cugino, ancor esso bandito, e venuto alle paci con un salvacondotto; ma era ben diversa la loro condizione!

Il Vasa da qualche anno aveva tolto moglie, era padre e ben sovente penetrava inosservato nello stazzo della Trinità, per rivedere i suoi cari e per sedersi al desco, in mezzo alla famiglia.

Bastiano era solo; compagno e confidente del cugino, egli non aveva servito che come cieco strumento di vendetta. In fondo al cuore non nutriva odio di parte, odiava solo chi gli aveva ucciso il fratello; gli altri delitti li commetteva per cieca ferocia, per brutale istinto in lui nato per la fatalità degli eventi.

Egli si batteva con coraggio; né vi era alcuno che lo vincesse in temerità. Disprezzava la vita perché abituato al silenzio, e perché muto com'esso.

Errava dall'una all'altra cussorgia, stanco, annoiato della vita; girava intorno i suoi grandi occhi neri, quasi volesse avvertire con essi le pedate dei carabinieri; la sua sordità doveva renderlo più circospetto. Aveva visitato tutte le montagne, dal monte Pulchiana a monte Spina, dal monte Ruiu al monte Cucurenza; aveva guadato tutti i fiumi, dal rio Sirena a Conca di Chiara, da Turrali a Fiuminaltu; qualche volta si spingeva fino al litorale, tal altra faceva notte sul monte Cùcaro, antico protettore dei banditi d'ogni specie.

Il monte Cùcaro ha una storia; esso è sinistramente celebre, essendo stato nel secolo scorso il quartiere generale dei fuorusciti perseguitati dalle armi regie.

Vi si raccolsero persino trecento banditi, sotto diversi capi squadriglia, fra i quali, Don Gavino Delitala, i fratelli Pintus di Nulvi, i Cubeddu di Pozzomaggiore, e i Fois di Chiaramonti. Su questo monte i banditi ebbero molti scontri coi soldati, riuscendo or vincitori, or vinti. Vincitori, come nel 1745, in cui misero in fuga le compagnie svizzere capitanate dal colonnello Sumaker, dopo aver ucciso 75 soldati; e nel 1746, in cui, dopo aver fugato i dragoni comandati dal conte Craveri e dal baronetto Busquetti, si vestirono con le cappe rosse dei soldati morti, per il capriccio di fare una burla alle loro donne e a' loro compagni.

Vinti, come nel 1734 che furono presi o fugati dal Viceré marchese di Rivarolo, e nel 1748 che vennero messi in fuga dal Valentino di Tempio e dal Dettori di Pattada ai quali il Viceré Valguarner aveva affidato l'impresa del monte Cùcaro.

E taccio dei fasti del celebre contrabbandiere e bandito Pietro Mamia, che prima protesse e poi abbandonò il Sanna ed il Cilocco, venuti dalla Corsica per ritentare la guerra angioina.

Lo abbiamo detto; Bastiano errava di stazzo in stazzo, smarrito, sconfortato, col tedio nell'anima, col cruccio nel cuore. La solitudine gli riusciva sempre più pesante.

Quel giuramento pronunciato sul campo di San Sebastiano lo aveva indisposto; non potendo più dar la caccia ai nemici si sentiva come disoccupato; quell'ozio onesto lo tediava.

Abituato alla pugna e a preparare insidie, le giornate gli sembravano interminabili. Non aveva che una sola preoccupazione: guardarsi dal carabiniere; quella divisa lo irritava; quegli esseri creati per dargli la caccia lo rendevano feroce.

Il muto cinghiale odiava quei cani, causa unica delle sue notti insonni, delle sue veglie tormentose.

E Bastiano tentava distrarsi recandosi da un punto all'altro della Gallura, ora cacciandosi nei crepacci del monte della Crocetta o del Fraìle, ed ora scorrendo le vallate della Sirena, di Chiligheddu o della Fumosa.

Fra gli altri il muto frequentava lo stazzo dell'Avru, nei dintorni di Bortigiadas, appartenente al pastore Anton Stefano. Colà lo aveva presentato la prima volta suo cugino Pietro Vasa, il quale soleva andarvi assai spesso.

Da principio Bastiano si era recato con indifferenza a quello stazzo solitario, dove passava un po' di tempo assistendo alla preparazione dei formaggi o ad altre domestiche faccende; più tardi, però, il muto aveva reso più frequenti le visite alla casetta del pastore; e dalla sua fisonomia era sparita quella tinta fosca che rivelava una natura irrequieta, ringhiosa e annoiata.

Qual'era la causa di quell'improvviso cambiamento?

La causa c'era, ed era una bella causa di sedici anni!

Anton Stefano aveva tre figlie; giovani graziose, avvenenti, ma fra tutte primeggiava per bellezza di forme e gentilezza di modi la Gavina, una snella fanciulla dai quindici ai sedici anni, dai capelli nerissimi, dalla taglia svelta ed elegante, e dalle braccia paffutelle, che indossava il pittoresco costume di Bortigiadas, quasi uguale a quello di Aggius.

La famiglia d'Anton Stefano faceva buon viso al muto, per due ragioni: la prima, perché era stato presentato da Pietro Vasa, loro amico; la seconda, perché il muto aveva una rara abilità, tutta naturale, nell'arte del disegno.

Egli si era reso celebre in Gallura per le incisioni che sapeva fare sulle zucche da vino, sulle ventriere, o sui calci dei fucili; di più lavorava da sarto, da calzolaio, da falegname, e in tutto riusciva assai bene.

La natura non è mai interamente partigiana colle sue creature; essa equilibra le facoltà fisiche e morali, toglie un senso per perfezionare un altro.

Bastiano era un'artista! Questo lampo d'arte fra le tenebre della sua intelligenza lo rendeva ben accetto e simpatico a tutti, e in modo speciale alla famiglia di Anton Stefano, il pastore di Bortigiadas.

Sovra tutti però, gli si mostrava tenera la Gavina, la minore delle tre fanciulle dell'Avru; ma non erano le zucche rabescate, né le cinture a fantastici ricami che rendevano quella fanciulla premurosa e cortese con lui: Gavina aveva una particolare affezione per il muto, perché sapeva che era un infelice proscritto; sapeva che la natura gli era stata avversa negandogli la parola e l'udito, e che gli uomini lo avevano maltrattato, perseguitandolo di balza in balza come un cinghiale.

La donna ha assai spesso di queste bizzarre predilezioni. Ben sovente essa si affeziona a colui che sa abbandonato, o deriso dagli uomini; sapendosi onnipossente nella sua fragilità, ama intraprendere un'opera di redenzione; conscia del fascino che esercita il suo sesso, non ignora che la sua debolezza può abbattere una forza, ed è allora che essa impegna col leone una lotta, dalla quale sa di uscire vincitrice: la lotta dell'amore!

Bastiano aveva veduto altra volta la bella figlia di Anton Stefano: l'aveva conosciuta, bambina di dieci anni, nello stazzo di Giunchiccia, quando era andato colà per assistere all'*abbraccio* di Pietro Vasa con Mariangiola Mamia.

L'aveva riveduta co' suoi genitori nel settembre dell'anno seguente, il giorno della festa del Rosario; e ricordava di aversela seduta sulle ginocchia, di averle accarezzato i capelli, e di aver deposto più d'un bacio sulle sue guancie.

Allora però era proscritto; le sue mani erano lorde di sangue umano, e non pensava ad altro che a guardarsi dai continui agguati che gli tendevano nemici e carabinieri.

Egli ricordava l'affettuosa bambina, ma la bambina non si ricordava più di lui.

Gentile ed affettuosa per indole, compassionevole per natura, Gavina usava molte attenzioni a Bastiano.

Quando entrava nello stazzo lo invitava a sedere; gli mostrava il cucito che aveva fra le mani, e si faceva disegnare qualche fiorellino ch'ella tentava ricoprire coll'ago, alla meglio, sulla mussola.

Per il muto, abituato sempre ai maltrattamenti e ad esser posto in un canto come cencio inutile, quelle attenzioni non potevano passare inosservate. E difatti serbò in cuore una riconoscenza profonda per colei che gliele usava.

Bastiano si sentiva contento; nell'Avru era considerato come un amico; lo si invitava qualche volta a desinare in famiglia, e ben sovente Gavina gli metteva a parte qualche pietanza squisita, che gli offriva appena lo vedeva entrare.

Il muto sentì una gioia segreta nel cuore; per la prima volta si vedeva considerato come un uomo, e ne provava soddisfazione. Assalito da una vaga inquietudine, egli si aggirava tutta la mattina per i dintorni, aspettando ansiosamente la sera per sedersi vicino alla Gavina che lavorava di cucito, o prestava mano alla preparazione dei formaggi.

Richiesto dalla famiglia dove avesse passato il giorno, Bastiano faceva capire ch'era stato negli stazzi della Trinità di

Agultu, oppure che aveva gironzolato verso la spiaggia dello *Stagnareddu*, l'*Agliola di vento*, o sulla strada di *lu Strittoni*. Era costretto a mentire, perché non voleva confessare a nessun costo ch'era sempre rimasto nei dintorni dell'Avru, o errante, cioè nelle valli di *li Trai*, di San Gavino o di *Gambaiddoni*; oppure sulle alture del Castel Doria e di Cucurenza, dove era rimasto lunghe ore immobile, con gli occhi fissi sullo stazzo che racchiudeva il suo tesoro, la sua felicità.

Un notevole cambiamento si era per certo operato nell'esistenza di quell'infelice.

Egli confrontava il presente col passato, e si sentiva un altr'uomo.

Pareva che intorno a lui si fosse fatta la luce.

Egli che mai aveva avuto una casa, né una famiglia; che era stato maltrattato nell'infanzia e amareggiato nella giovinezza; che da sette anni non aveva sognato che sangue e vendetta, egli sentiva nel cuore un nuovo sentimento tutto soave, inesplicabile.

In quella fanciulla amava una sorella, una madre, la madre che da pochi anni aveva perduto.

Ed egli, col capo chino, a lenti passi, errava per la campagna.

Dal suo cuore eran spariti l'odio e lo sconforto, ma per sottentrarvi una calma melanconica che dolcemente lo torturava.

Era un'inquietezza che lo assaliva senza saper come, una smania di correre senza saper dove, un desiderio di piangere senza saper perché!

Era persino diventato meno circospetto; fidente in Gavina dimenticava ch'era inseguito.

La Gavina, buona creatura, si era accorta di questa strana sicurezza, e col segreto istinto della donna, che pare tutto ignori e tutto invece intuisce, vegliava occultamente per lui.

Ella infatti ben spesso usciva fuori dello stazzo come per passeggiare; ma in fondo non faceva che rivolgere gli occhi all'intorno, per esplorare se qualche tristo insidiasse la vita o la libertà del suo protetto.

E il muto, dimentico dei pericoli che gli sovrastavano, continuava a disegnare i fiorellini sulla mussola, che Gavina gli aveva affidato.

La fanciulla appariva al muto sempre più bella, più affettuosa, più affascinante; ella, con una compiacenza tutta infantile, lo invitava a parlare… e lo comprendeva, lo comprendeva ad un semplice cenno del capo, al minimo movimento delle labbra.

Ed anche a lui era ben noto il linguaggio di Gavina. Per la prima volta i suoi pensieri venivano compresi, per la prima volta egli comprendeva i pensieri degli altri.

Vi erano momenti in cui a Bastiano pareva di aver riacquistato l'udito e la parola!

15. Gli effetti d'una lusinga

Era diventato il fido seguace di quel corpicino delicato. Dovunque Gavina rivolgesse il passo, era sicura di vedere a poca distanza il muto.

Anche la fanciulla sentiva a volte come un ardente bisogno di star sola, come un fastidio della presenza e delle chiacchiere delle sorelle. E si aggirava qua e là col pretesto di portar delle legna secche, di sorvegliare le mandrie che pascolavano intorno allo stazzo, o di dare un'occhiata alla biancheria che la mamma aveva esposta al sole distesa sulle corde del cortile, o sui massi di granito che circondavano l'Avru. Non aveva che a volgere gli occhi in giro per essere certa di vedere in qualche punto il muto, o errante sul monte, o sdraiato sotto un elce od un macigno. Facendo le viste di essersi trovato là per caso, egli non perdeva mai d'occhio la sua protettrice. Era la vigile sentinella di quella graziosa creatura, la quale si compiaceva della solitudine e del silenzio dell'estesa campagna, fatta sensibile al soffio benefico della primavera che le riscaldava il sangue ed accelerava i battiti del suo polso.

Un giorno, mentre Gavina era seduta sotto il grosso mandorlo del cortiletto, vide Bastiano sull'opposta altura. Era sdraiato sul musco di un granito, col gomito destro a terra e colla guancia appoggiata alla palma della mano. Il sole cadente, i cui raggi gli battevano sul viso poneva in risalto quella maschia fisonomia, la bionda barba che gli ornava il mento e i lunghi capelli ricci che gli cadevano sulle spalle. Il muto pareva tutto assorto in un oggetto che teneva colla mano sinistra, e che Gavina, per la distanza non poteva discernere.

Il volto di Bastiano, illuminato dal sole, in quel momento era bello, sovranamente bello; e la fanciulla notava quella bellezza con una segreta compiacenza, che non si curò di nascondere perché si sapeva sola e inosservata. Ella lo fissava con tenerezza pietosa, mentre una moltitudine di pensieri le attraversavano la mente…

[Bastiano Tansu aveva una figura simpatica. Ecco il giudizio pronunciato dal giudice di Aggius, quando fu inviato in missione per trattare le paci con Pietro Vasa. Egli mi scrive: «Il famigerato bandito sordo-muto Sebastiano Razzu Addis Tansu, detto per antonomasia il terribile, era un bell'uomo che a prima vista affascinava: i suoi occhi esprimevano un'eletta intelligenza, da non resistere a lungo se si fissava: ed io, che prima non lo conosceva, devo confessare che mi sentii attratto verso di lui da un irresistibile sentimento di simpatia, quantunque lo sapessi macchiato di sangue umano e non nego che mi spiacque la sua sordaggine e il suo mutismo, perché non mi permettevano di appiccar discorso con lui».]

Già le cicale avevano cessato i loro canti di saluto al sole, e dal seno di Gavina uscì un sospiro lungo, profondo. Se in quel momento qualche indiscreto si fosse accostato a lei, avrebbe sentito pronunciare, con un'espressione di rammarico, queste parole:

«Che peccato, ch'egli sia sordo-muto!».

E Bastiano – che non aveva veduto la fanciulla – continuava a tener gli occhi fissi sull'oggetto misterioso: il quale non era che un piccolo specchio rotondo con astuccio di metallo, recente acquisto fatto a Tempio.

Bisogna dirlo, da qualche tempo il muto faceva un po' di toeletta; si pettinava con cura i capelli, si lavava assai spesso al fiume, e cambiava la camicia due volte la settimana.

Aveva bisogno di farsi bello, più bello che gli fosse stato possibile.

Curiosa invero l'insolita toeletta d'un povero infelice, tiranneggiato dagli uomini e dalla natura, nel deserto d'una campagna silenziosa!

Il sordo-muto sognava giorni lieti e sereni; riandava al suo triste passato per contrapporgli il sogno d'un avvenire di rose; richiamava alla mente il giorno memorando in cui aveva assistito all'abbraccio di suo cugino Vasa con la figlia di Antonio Mamia; e guardandosi allo specchio augurava per sé quella bella giornata, persuadendosi che non era brutto, e che non era follia aspirare alla mano della figlia di Anton Stefano il pastore.

Che più?

Il fiero bandito era diventato anche galante.

Quando si recava allo stazzo di Anton Stefano, non mancava mai di portare alla Gavina il mazzolino di violette, colte nei sughereti o ai piedi degli elci, nella selva dell'Inferno, poco distante dall'Avru.

Onde le donne solevano dire per scherzo:

– Vengono dall'Inferno, dunque sono i fiori del diavolo!

[L'Inferno è una boscaglia ricca di quercie, elce, corbezzolo, scopa e diverse specie di legno ceduo; talmente fitta, da rendere quasi impossibile l'uscita a chi non ne conosce i labirinti. Fu il ricovero di molti banditi, e da ciò il nome datole d'inferno (l'Infarru). È distante una mezz'ora dall'Avru.]

La madre e le sorelle di Gavina lusingavano sempre il muto con le belle maniere e coi benevoli sorrisi, facendogli quasi sperare che lo avrebbero ben volentieri accettato in seno alla loro famiglia.

Le loro premure, però, avevano ben altra mira. Non era il desiderio d'imparentarsi con lui, né la possibilità di concedergli in sposa Gavina, che rendeva gentili ed affabili le tre donne; esse volevano trarre partito dall'abilità del muto che, con la lesina, coll'ago o col temperino sapeva cucire scarpe e ventriere, trapuntare i cappotti d'orbace, e incidere le zucchette da vino e il corno dei cervi.

Esse volevano fruire dell'ingegno del muto in quel luogo disabitato, ben sicure che il muto avrebbe finito per persuadersi che le sue speranze non erano che deliri, e che le lusinghe della famiglia non potevano essere che uno scherzo innocente.

Le imperfezioni fisiche del povero disgraziato sarebbero bastate per farlo ricredere delle sue follie, nel caso che esso le avesse manifestate audacemente, ciò che non credevano.

E come mai poteva un deforme, un bandito, uno sciagurato aspirare alla mano d'una fanciulla sedicenne, che oltre all'avvenenza vantava una discreta dote in terre e in armenti?

Era mai presumibile che il muto avesse pensato alla possibilità delle nozze? Dove avrebbe potuto celebrarle? Dove avrebbe fabbricato il suo nido d'amore, sicuro di non venir disturbato? Dove mai si sarebbero potuti cacciare i due colombi innamorati per scongiurare le ricerche e gli assalti degli avvoltoi, celati sotto la divisa del carabiniere? E se Dio avesse loro concesso dei figli, dove li avrebbero nascosti per difenderli? Era loro possibile trasportare di roccia in roccia i teneri nati, per non far cadere su di essi l'odio che il padre s'era tirato addosso con le sue colpe?

A tutto ciò pensavano la madre e le sorelle maggiori della Gavina, mentre continuavano la loro opera di lusinghe con lo scopo di far lavorare il muto e di burlarlo a suo tempo.

Ma il muto non era uomo da scoraggiarsi, né da torturarsi con simili ragionamenti. Egli si credeva amato; si credeva in pieno diritto di pretendere l'affetto della Gavina, da lui guadagnato coll'amore, colle premure, e colle prove del suo lavoro e della sua abilità, a cui teneva, e che in lui compensavano la mancanza della lingua e dell'udito.

Quantunque per natura diffidente, pure Bastiano non dubitò un solo istante d'essere deriso o burlato. Col muto nessuno poteva scherzare, ed egli ben lo sapeva!

Se la madre e le sorelle della Gavina prendevano a gabbo il muto, il vecchio Anton Stefano lo tollerava, anzi gli voleva bene. In quanto alla simpatia di Bastiano per la sua figliuola, di cui più volte ebbe a sentir parlare, l'aveva sempre ritenuta uno scherzo innocente, e non se n'era preoccupato.

Intento com'era alle faccende domestiche, od alla preparazione dei formaggi, da cui sperava un buon lucro. Anton Stefano lasciava che a tavola si chiacchierasse, e talvolta non ascoltava neppure. Terminato il pranzo e le chiacchiere, si rimetteva al lavoro, o fumava la sua pipa sul limitare della porta, non pensando né punto né poco al muto ed alle sue aspirazioni amorose.

Un diverso sentimento guidava invece Gavina. Essa capiva bensì lo scherzo della madre e delle sorelle, e qualche volta lo secondava per contentarle; pure quello scherzo le faceva male, perocché non le dispiacevano le gentilezze di Bastiano, e le pareva perfidia e crudeltà ridere delle smanie di quel disgraziato.

Dirò di più; la Gavina si compiaceva in segreto delle premure del muto. Una donna che sa d'essere amata, ben raramente ride delle smanie d'un amante.

Nell'amore è sempre un'intima soddisfazione; l'essere fatta oggetto di cure speciali è sempre una lusinga che non dispiace ad una donna, anche quando non si sente inclinata a corrispondere con pari amore.

A sedici anni, sola in quello stazzo silenzioso, vivente in aperta campagna dove son rare le visite, posta a contatto con un uomo che la colmava di gentilezze e di attenzioni, Gavina doveva finire per lasciarsi trascinare ad un sentimento di gratitudine, che, ingrandito più tardi dalla pietà e dalla compassione, doveva per fermo trasformarsi in amore. A sedici anni si sente l'assoluto bisogno di un amante purchessia.

Ma come si spiega la scelta di un sordo-muto?

Non ce n'erano altri! Ecco la vera ragione.

Se invece del muto si fosse presentato a Gavina un uomo con la parola, forse lo avrebbe preferito. D'altra parte quella fanciulla ragionava a suo modo: Bastiano era muto: ebbene? Ella lo comprendeva. Era sordo; ebbene? Ella si faceva intendere da lui.

«Buon Dio – pensava nel segreto del cuore – per fare il marito c'è proprio bisogno di aver la lingua che parli e le orecchie che ascoltino? Credo di no! Ad ogni modo non ho detto di sposarlo, né lui me ne ha parlato; e se ciò accadesse, farei in modo di parlare e di ascoltare per due!».

16. Le piccole attenzioni

Bisognava vedere con quale affetto e con quanta premura il muto offriva i suoi servigi alla Gavina, per sbrigare le faccende domestiche! Egli l'aiutava spesso a fare il bucato; a trasportar l'acqua dalla fontana dei *Frassiggioli*; a sciorinar la biancheria, e a raccogliere le patate o i fagioli dal piccolo orticello ch'era stato posto sotto la sua diretta sorveglianza.

[È la fontana da cui attingono l'acqua quelli dell'Avru, a mezzo tiro di fucile dallo stazzo. È chiamata *li frassiggioli*(piccoli frassini) forse perché un tempo era circondata da tali piante. Intorno all'Avru sono molte sorgenti, le quali si riuniscono nel *canali mannu*, fiume che scorre nella valle, dov'è la strada che conduce a San Giovanni di Coghinas.]

Talvolta il muto, quando da lontano vedeva la bella fanciulla venir giù dalla collina col fascetto della legna, le andava incontro premurosamente, le toglieva dal capo quell'impiccio, e se lo caricava sulle spalle, facendo intendere a lei che quei rami secchi le scomponevano i capelli sulla fronte. La Gavina batteva le mani con vezzo infantile, e rideva come matta nel guardare quel fiero bandito, terrore della Gallura, venir giù tutto umile, portando la legna sulle spalle e il fucile sotto il braccio; e, mentre rideva, gettava uno sguardo alla campagna circostante, per vedere se l'arma *benemerita* non tendesse un'insidia al suo fedelissimo servitore, il quale aveva le mani occupate.

Certe sere se ne andavano tutti e due nelle vicine siepi per cogliere qua e là il frutto del mirto, i corbezzoli, o le belle more selvatiche.

Il muto si cacciava nel fitto dei cespugli sfidando le spine: la Gavina se ne stava tranquillamente in basso col mento all'aria e col grembiale teso, ricevendo le more che il muto le gettava, e ridendo a scroscio quando il suo compagno si pungeva le dita coi lunghi rami spinosi. In fondo al cuore, però sentiva un'affettuosa riconoscenza per quell'infelice che le risparmiava tante fatiche, e che molte volte le dava a tenere il fucile, quasi volesse dirle che poneva nelle sue mani la propria libertà, la propria vita!

Colte le more tornavano allo stazzo. Gavina andava innanzi canterellando come una capinera, e lui le teneva dietro con gli occhi a terra mesto meditabondo: fiero leone del deserto, seguiva tutto docile la sua snella cerviotta della collina.

La mamma e le sorelle, che lavoravano all'uscio di casa, ridevano a crepapelle vedendo comparire quei due matti; e mentre la Gavina correva dall'una all'altra tirando i due lembi del grembiale, per mostrare loro l'abbondante raccolto, tutti le davan la baia:

«Te, la fortunata ch'hai trovato il tuo cane!».

«Non ti lascia proprio far nulla! A noi non tocca altrettanto!».

«Quel scimunito ti sta abituando a far la signorina!».

La Gavina sorrideva con un certo orgoglio, e si compiaceva dei motteggi cui era fatta segno dalle sorelle.

Il muto però non udiva, né immaginava il senso irrisorio dei discorsi; perocché le furbe donnette avevano l'avvertenza di parlare col capo chino, senza gesti e tutte serie, per non lasciargli indovinare la loro opinione a suo riguardo.

Arrivato allo stazzo, Bastiano si rimetteva al lavoro; ora faceva il falegname, il sarto, il calzolaio, ed ora l'incisore: molto spesso si cacciava nell'orticello, sua cura prediletta, e zappava di buona voglia, sicuro di guadagnarsi sempre più le simpatie e la benevolenza della famiglia.

Anton Stefano soleva dire:

«Povero diavolo! dopo aver ucciso tanti uomini, Bastiano sente il bisogno di uccidere il tempo. È proprio un'abitudine».

«Ma con diverso risultato – aggiungeva sollecita la Gavina, che voleva sempre difenderlo – prima faceva del male, adesso invece fa del bene».

«A te solamente!» conchiudeva la sorella maggiore, con un tono in cui si celava un leggero dispetto.

Una sera, attraversando la stanza di Gavina per recarsi al cortile, Bastiano si era fermato dinanzi al lettino della fanciulla, e vi era rimasto alcuni minuti fissando a lungo il ramoscello d'olivo e la palma benedetta che adornavano il capezzale.

La vecchia scherzando, fece intendere al muto:

«E che? vorresti forse la *luna*?».

[In Gallura si dà il nome di lune alle palme benedette infisse ad un ramoscello d'ulivo, o di altra pianta; e ciò in grazia della forma di stella che esse hanno. Veramente la somiglianza non calza troppo, ma è accettata per buona dall'antichissimo vocabolario della consuetudine.]

Il muto diede in uno scroscio di riso; e dondolando la testa rispose co' segni:

«Non saprei davvero dove appenderla. Non ho avuto mai letto, io!».

Quando Gavina – dopo molti anni – raccontava alle amiche gli avvenimenti dell'Avru, soleva dir sempre:

«Fra i miei ricordi, questo della *luna* mi riuscì sempre penoso. Fu l'unica volta che il riso del muto mi fece piangere!».

E diceva il vero; poiché dal giorno in cui seppe che al capezzale di Bastiano non vi era alcun ramo benedetto Gavina si mostrò molto più inquieta.

Essa aspettava con più ansietà il muto, e quando tardava più di due giorni a presentarsi nello stazzo, fantasticava mille pericoli, mille disgrazie.

Dacché aveva preso a volergli bene, un pensiero fisso, incessante, la tormentava; temeva sempre ch'egli cadesse vittima di un agguato.

Le sue notti erano angosciose.

Sognava sempre di vedere il muto cinto di funi, in mezzo ai carabinieri che lo trascinavano in un carcere orribile.

Più spesso lo sognava ferito, steso a terra, pallido in volto, e col petto insanguinato; egli implorava da lei un soccorso che ella non poteva dargli.

Una notte sognò un patibolo attorniato da una folla irrequieta e curiosa; e vide Bastiano con una corda al collo, salirne le scale. Lui la fissava con uno sguardo lungo, supplichevole; ed ella si svegliò di soprassalto, mandando un grido che fece balzar dal letto le sorelle.

Eppure il muto non pensava più a commettere alcun delitto! Egli era completamente trasformato.

Bastiano Tansu voleva rinnegare il passato; era troppo fiero del nuovo battesimo ricevuto dalla più bella delle figlie dell'Avru.

Una sera Gavina conversava a suo modo col muto, a poca distanza dallo stazzo.

Erano soli; e la fanciulla mostravasi impacciata più del solito.

Pareva che volesse dire qualche cosa al suo compagno, ma non l'osava. Finalmente dopo essersi assicurata che nessuno li osservava, trasse di tasca una piccola medaglia di rame, legata ad un cordoncino di seta nera, e la porse al muto, il quale la guardava negli occhi, non comprendendo la ragione di quel dono.

Nella medaglia era incisa da un lato l'effige della Madonna, dall'altro un Gesù Nazareno.

La fanciulla, tutta tremante e colle guancie soffuse di rossore, fece capire a Bastiano che il suo dono era un talismano che aveva virtù miracolose; gli raccomandò di tenerlo sempre sul petto, perché lo avrebbe preservato dalle palle e dalle insidie de' suoi nemici.

Gavina nel dir ciò, aveva recato le mani alle guancie, perché sentiva che scottavano; e Bastiano la guardava con le lagrime agli occhi, lagrime di riconoscenza per la pietosa protettrice, che aveva deposto l'abituale timidezza, dinanzi al pericolo che correva il suo infelice protetto.

Il muto prese la medaglia, la baciò tre volte con religioso trasporto, e se la pose al collo, sotto la camicia.

Quella pietà gentile lo aveva commosso; egli era ormai sicuro che un angelo avrebbe vegliato per lui. Nessuno fin'allora si era preoccupato de' suoi pericoli, ed aveva la salda convinzione che non doveva più morire.

La fede di Gavina si era trasfusa nella sua anima; Bastiano credette d'essere invulnerabile, e forse a questa fede dovette il maggior coraggio e la temerità che mostrò in seguito, in diverse occasioni. Mi basta citare il seguente fatto, che mi venne riferito da persona molto informata.

Mentre un giorno il muto, col fucile sotto il braccio e col cappuccio sugli occhi, saliva un monte, nel voltarsi vide quattro carabinieri sotto di lui, i quali attraversavano una gola per ritornare ad Aggius.

A quella vista – narra il testimonio oculare – il muto si trasfigurò; si fece tigre.

I suoi occhi mandarono lampi; e pareva volessero uscire dall'orbita. Invece di fuggire fece due passi verso i carabinieri, pose un ginocchio a terra, puntò il fucile, e gettato dinanzi a sé il berretto con tutta la forza del braccio, lo additò ai carabinieri come un limite; quasi volesse dire: se avete coraggio oltrepassate quel segno!

La posizione era tale, che i carabinieri credettero prudenza ritirarsi dinanzi a quella fiera che, se avesse voluto, avrebbe potuto divorarli tutti.

L'amore aveva fatto forza al muto: egli sentiva centuplicato l'istinto della conservazione, il bisogno della vita che aveva consacrata alla sua cara fanciulla.

Quando Bastiano ricevette dalle mani di Gavina la medaglia di rame, rispose con un gemito nel quale aveva trasfuso tutta l'anima. Era il suo modo di ringraziare. Per mezzo dei segni egli aveva detto a Gavina:

«Quando sarò stanco della vita, mi strapperò dal petto la tua medaglia, e sarò sicuro di morire!».

La pietosa fanciulla si era però ben guardata di dire al muto che quella medaglia l'aveva sempre portata addosso fin da bambina, e che se n'era separata per donarla a lui. Guai se il muto avesse potuto immaginare che quel talismano era stato tanti anni sul vergine seno di Gavina, testimonio occulto dei palpiti di quel cuore generoso!

La vigile madre si era un giorno accorta che dal seno della figliuola mancava la medaglia della Madonna; e gliene domandò il perché. Gavina rispose arrossendo, che l'aveva smarrita.

La fanciulla però era ben lieta che il talismano fosse passato sul petto di Bastiano. Egli ne aveva bisogno, perché tutti l'odiavano: essa poteva farne senza, forse perché sapeva di essere molto amata!

17. All'ombra delle spine

Era la seconda metà di giugno, e il sole co' suoi raggi ardenti sferzava inesorabilmente uomini e cose. Di poco era oltrepassato il meriggio, e in quella giornata si era sofferto un caldo eccessivo, eccezionale.

I graniti infuocati rimandavano un calore insopportabile, e le cicale, col canto importuno, parevano lamentarsi dei soverchi rigori del sole.

La famiglia del pastore era tutta raccolta fuori della porta a fare la siesta, in cerca dell'arietta che veniva dal mare.

Anton Stefano aveva fatto capezzale del suo cappotto ripiegato, e appoggiata la nuca sulla palma delle due mani; dopo aver finito la sua fumatina faceva l'indispensabile sonnetto, prima di rimettersi al lavoro.

Le donne, sul piazzale dello stazzo, filavano, e chiacchieravano.

La campagna, sotto ai raggi ardentissimi, era calma e silenziosa, il cielo, di un limpido azzurro carico, moriva lontano lontano nella linea purissima del mare, che andava lambendo la costa settentrionale dell'isola, la quale somigliava ad un lunghissimo nastro bianco, frastagliato.

La Gavina e Bastiano si erano seduti a un mezzo tiro di fucile dallo stazzo, e stavano quasi addossati ad una folta siepe di more e di biancospini, la quale li riparava dai raggi cocenti del sole.

La fanciulla mondava tranquillamente le ultime fave fresche, raccolte all'alba nell'orticello, fave già quasi appassite dentro ai baccelli che cominciavano ad annerire.

Erano destinate per la cena, e d'ordinario spettava alla Gavina quell'occupazione domestica.

Vicino a lei sedeva il muto, tutto intento a rabescare col coltellino una grossa zucca color d'oro, già preparata per servire da fiasco di vino. Era sua intenzione d'incidere su quella superficie levigata un rozzo pastore che carezzava una bianca agnelletta; ma bastava gettare uno sguardo su quella zucca per convincersi che il disegno era assai più rozzo del pastore che si voleva incidere. Quantunque il muto non fosse troppo esperto nel disegnare la figura, pure, chi conosceva la sua abilità, avrebbe di leggeri giudicato che quel giorno il muto disegnava macchinalmente, senza proprio sapere quel che si facesse. E infatti, bastava guardarlo per persuadersene: gli tremavano le mani, e grosse gocce di sudore gli imperlavano la fronte.

E anche alle mani di Gavina si era comunicato una specie di tremito nervoso. Si sarebbe detto che quella sera non sapesse mondare le fave. E se la madre e le sorelle fossero là capitate per esaminare l'opera sua, avrebbero veduto con meraviglia molti baccelli neri nel cestino delle fave bianche, e molte fave bianche nel mucchietto dei baccelli neri, segno evidente che la mente della ragazza era ben lontana dall'innocente legume che doveva servire per la cena!

Il caldo era soffocante; la terra infuocata mandava vampe sui volti di Bastiano e di Gavina, le cui fronti grondavano sudore. L'ombra del benefico rovaio non riusciva a mitigare gli ardori anticipati del giugno. E le cicale continuavano il loro canto stridulo, monotono, incessante, il quale rendeva più profonda la solitudine che regnava all'intorno.

La Gavina andava man mano rallentando la sua operazione, finché la sospese affatto. Le sue dita raggiravano distrattamente un baccello, senza aprirlo.

E anche la mano di Bastiano pareva stanca; non sapeva più reggere il coltellino col quale andava incidendo delle figure rozze, senza garbo né simmetria.

La zucchetta color d'oro, quasi sapendo di essere importuna o indiscreta, scivolò pian piano dalle ginocchia del muto, e cadde a terra, senza che la mano del distratto incisore si desse cura di andarla a raccogliere.

Qualche cosa di misterioso e di singolare accadeva per fermo nelle anime di quei due esseri, che sapevano d'esser soli sotto i raggi di un sole cocente, che bruciava loro il sangue ed il cervello. Essi provavano una strana agitazione nello spirito, mentre il loro corpo era assalito da una vaga sonnolenza; da un languore insolito, spossante. Era un desiderio indefinito; una leggera febbre dei sensi che sfumava in un sentimento tutto arcadico; o meglio, un sentimento ineffabile che andava morendo in una febbriciattola dei sensi.

Ed i raggi del sole diventavano sempre più infuocati, mentre quelle cicale importune, col canto noioso, non facevano che accrescere quel languore, quella sonnolenza, quella febbre.

Rimasero in quell'attitudine un po' di tempo; al vederli pareva che l'uno non si curasse dell'altra, mentre invece si vedevano entrambi senza guardarsi. Era un gruppo grazioso: la tenera edera che desiderava avviticchiarsi alla robusta quercia.

Vi fu un punto in cui i loro occhi si cercarono, senza volerlo; quelli di Gavina si riabbassarono subito, quelli del muto si fissarono audacemente sulle guance della bella fanciulla, che avevano arrossito: parevano inchiodati sull'ingenua giovinetta, che aveva conosciuta bambina.

Quel seno di vergine, chiuso e compreso sotto il vermiglio corsetto, gli dava la vertigine: era un'insidia pudica, un pudore insidioso. Ed ella su quel seno chinava vergognosa gli occhi, mentre una voce carezzevole le andava rivelando la suprema delle sue missioni.

La natura maliarda, tradisce assai spesso i suoi misteri, coll'intento di prevalersene: finge una ripulsa per provocare un assalto.

Bastiano lasciò sfuggire dalle labbra un gemito, a cui rispose Gavina con un lungo sospiro.

Strano caso!

La fanciulla aveva udito la parola del muto: il muto aveva presentito il sospiro della fanciulla.

A lei era parso che un'onda di suoni uscisse dalle labbra di Bastiano: e a lui pareva udire una musica celeste sulle labbra di Gavina.

Oh! l'amore ha pur esso i suoi linguaggi arcani che possono rilevarsi senza bisogno degli organi della parola e dell'udito.

La natura ha una voce eloquente che è intesa anche dai sordi, essa dà al muto una parola, dà all'amante un suono che penetra nell'anima senza passare per l'orecchio!

Gavina e Bastiano stettero alcun tempo immobili, pallidi, pensierosi.

La mano del muto, quasi macchinalmente andò a cercare le mani della timida giovinetta, alle quali tolse quel baccello innocente che veniva tormentato senza colpa.

Gavina si lasciò prendere il baccello senza opporre resistenza, credeva sognare. Senza sapere che si facesse, ella raccolse da terra la zucchetta color d'oro, e si mise a guardare le figure che Bastiano vi aveva inciso. Solo allora parve destarsi il muto; e con l'amor proprio dell'artista che non vuol mostrare il primo abbozzo del suo disegno, strappò dolcemente la zucchetta dalle mani della fanciulla, e mandò un gemito lungo.

Il caldo era soffocante, la stanchezza diventava più penosa. Il muto afferrò vivamente la mano di Gavina e la strinse fra le sue con una stretta che sapeva troppo d'umano.

Il pudore della fanciulla reagì con tutta la sua forza. Solo allora ella parve destarsi dalla fatale sonnolenza che l'aveva circondata di carezze arcane e di tentazioni indefinite. Balzò in piedi di soprassalto, passò una mano sugli occhi, e si diede a correre verso lo stazzo, percorrendo la tortuosa linea d'ombra che accompagnava tutta la siepe spinosa.

Il muto si alzò pur esso, come scosso da una molla, e corse dietro alla fanciulla. La sua fisonomia era alterata, i suoi lineamenti stravolti. Sentiva un tremito per tutta la persona, e come una strana debolezza alle ginocchia. Col petto ansante, col respiro affannoso, cogli occhi spalancati teneva dietro alla cara visione che gli sfuggiva. Dalle sue labbra uscivano gemiti lamentosi, suoni inarticolati, quasi guaiti di fiera.

Gavina affrettava sempre il passo cogli occhi chiusi, senza mai voltarsi. Il muto la seguiva a cinque passi di distanza. Il rumore del suo passo cadenzato faceva battere con violenza il cuore di Gavina, a cui pareva immensa la distanza che la separava dallo stazzo.

Giunta allo svolto della siepe, sentì ad un tratto afferrarsi per i capelli; volle continuare la corsa, ma sentì uno strappo al fazzoletto. Le parve che una mano invisibile la trattenesse per forza. Per liberarsi da quella stretta, recò allora la mano alla testa, ma subito la ritrasse mandando un grido: aveva sentito un'acuta puntura all'avambraccio.

Un lungo ramo spinoso, che usciva dalla siepe, e ch'ella non aveva visto s'era impigliato ne' suoi capelli e nel fazzoletto, e l'aveva ferita al braccio.

Gavina si fermò, guardò la parte ferita, e vi passò più volte la mano con un'espressione di dolore.

Il muto non aveva udito il grido della giovinetta, ma aveva indovinato la cagione del suo dolore; e mentre Gavina si pizzicava a più riprese l'avambraccio per calmare la puntura, il muto era riuscito a sbottonarle il polsino della camicia, e a rimboccargliene la manica, ponendo a nudo il braccio della fanciulla fin sotto all'ascella.

Sull'avambraccio spicciò una stilla di sangue, grossa come un granello di sabbia. Il muto fissò a lungo quella macchietta rossa sopra quel braccio bianco come il latte, ben tornito, morbido, provocante. Dopo averla guardata anche lei, Gavina volse la testa e sorrise al sordo-muto, abbandonando il suo braccio alle cure di quel medico affettuoso, quasi in compenso del rigore con cui lo aveva poc'anzi trattato.

Il muto però era cieco: afferrò con ambo le mani il braccio nudo della fanciulla, ed appressandovi le sue labbra infuocate, succhiò a lungo quella ferita con una voracità spaventosa.

Il rimedio era peggiore del male.

«Basta, basta!» gridava la fanciulla tentando svincolare il braccio da quelle dita d'acciaio, e già pentita della sua condiscendenza.

Ma Bastiano non sentiva; e continuava a suggere da quella ferita la stilla di sangue, e col sangue un lento veleno che gli struggeva l'anima.

«Basta, Bastiano! mi fai male!» continuò a gridare Gavina, la quale si era proprio dimenticata che Bastiano era sordo!

Le labbra del muto lasciarono per un istante il braccio di Gavina ma solamente per mandar fuori l'aria aspirata, onde poter ritornare all'opera.

Il punto dove Bastiano aveva posto le labbra era diventato bianco. Gavina, un po' indignata, pose una mano sul petto del muto, per respingerlo; ma il giovine colle due mani compresse sulla carne, fissava con occhio cupido quel braccio candido, morbido il cui contatto lo faceva fremere, dandogli la vertigine.

Riaccostò con più ferocia la bocca al braccio della fanciulla, e glielo morsicò leggermente due volte, con un'avidità e con tal impeto che spaventarono Gavina, la quale trovò la forza di svincolarsi dall'amplesso di quella piovra, di riabbassare la manica della camicia, e di prendere la corsa verso lo stazzo uscendo dall'ombra malefica che proiettava la lunga siepe di biancospino. Corse, ansante, trafelata, senza pur accorgersi che il muto non la seguiva più.

Cieca d'ira, di passione, di vergogna, Gavina arrivò allo stazzo per la porticina dell'orto; entrò non vista nella sua cameretta, e sedette sulla sponda del suo lettino. E dopo aver dato uno sguardo all'intorno, per accertarsi che nessuno la spiava, tirò su di nuovo la manica della camicia e guardò la ferita.

Sull'avambraccio era una macchia livida, rotonda, larga come uno scudo; e in giro a quella macchia si vedevano le impronte lasciate dai denti del muto. Gavina tenne gli occhi fissi su quei solchi bianchi, poi diventò rossa rossa, e si mise a piangere, indignata contro se stessa per aver permesso una simile audacia.

Era molto indignata, ma si guardò bene dal raccontare alla mamma ed alle sorelle il disgustoso fatto che le era accaduto!

L'ombra del biancospino l'aveva tradita!

Il muto non aveva seguito la fanciulla.

Era rimasto immobile sotto il ramo di biancospino, seguendo con gli occhi la ragazza finché la vide sparire alla svolta della siepe.

Allora tornò indietro, passo passo; giunse al sito dond'era partito, si lasciò cadere di peso sul macigno che gli ricordava la sua imprudenza, e stette alcuni istanti col volto fra le mani; indi, per sfogare il dispetto che lo rodeva, riprese la zucca d'oro e con moto febbrile si pose a incidere certe foglie sguaiate che facevano orrore.

Finalmente, indignato, gettò a terra la sua opera, e la ruppe coi piedi.

La più giovane delle figlie di Anton Stefano, il pastore, quella notte tardò a prender sonno.

Una delle sorelle, che dormiva a lei vicino, e che la sentiva voltarsi, le disse:

«Che hai stanotte, Gavina? Non hai digerito la cena?».

«Ho... che non mi sento bene».

«È forse il muto che ti dà a pensare? Scommetto che, con gli scherzi, finirai per amarlo davvero!».

«E se ciò fosse, che ve ne importa» rispose Gavina un po' piccata per la baia che le davano continuamente per quel benedetto muto che loro per le prime avevano lusingato.

«Confessa almeno che gli vuoi bene!».

«Ebbene, sì: gli voglio bene; lo amo perché gli altri l'odiano. Quel disgraziato ha bisogno d'essere amato da qualcuno. Amatelo voi, e allora cesserò d'amarlo io: ve lo prometto!».

Così diceva Gavina alla sorella; ma in cuor suo pensava:

«Peccato che sia muto! Questi disgraziati vogliono bene in un modo singolare; non potendo sfogare con la lingua, si sfogano coi denti!».

La figlia di Anton Stefano dormì quella notte colle labbra compresse sull'avambraccio, dov'era stata punta dal biancospino, e dove ancora si vedevano i segni lasciati dal muto. Capriccio da bambina!

Appena l'alba penetrò dalle fessure delle imposte Gavina gettò un'occhiata al suo braccio.

La ferita non c'era più ma non poteva rallegrarsene; era passata nel suo cuore!

18. I regali del Muto

Neppure il muto aveva chiuso occhio in tutta la notte.

Dalle sue labbra uscivano sospiri, gemiti, rantoli.

Era inquieto, smanioso.

Si era aggirato per selve e burroni; aveva camminato tanto finché si era trovato alle falde del monte della Crocetta proprio sul far dell'alba. Salì allora sul monte; pel sentiero a lui ben noto, si trascinò a fatica fin sotto alla Conca della Madonna, e sedette spossato sul Gran tamburo.

Era stanchissimo, e dormì alquanto. Sogni strani lo svegliarono più volte di soprassalto.

Un'insolita gioia irradiava la sua anima.

Pensava sempre al braccio di Gavina, e gli pareva di sentir sempre il profumo di quella carne bianca, vellutata, che gli era salito al cervello per inebriarlo.

Si volle illudere, e lasciò libero freno alla fantasia, che lo trasportò in plaghe sconosciute. Vide Gavina, ebbra d'amore, seduta al suo fianco; vide un sacerdote che li benediva; provò tutte le arcane gioie del suo primo giorno di nozze.

Aveva la febbre.

Sentiva una matta voglia di correre, di arrampicarsi su per i monti del suo paese; pensava a sua madre e a quei pochissimi che lo avevano amato; e, comparando il passato col presente, credette probabile quella felicità alla quale non aveva mai aspirato.

Le scene del giorno precedente tornarono alla sua memoria; riandò tutti gli atti di Gavina, il suo cieco abbandono, il suo pallore, il suo tremito, e persino la sua collera, e in tutto gli parve scorgere i segni manifesti di un amore nascente.

Quel giorno non fece che correre da un punto all'altro; fermo non poteva stare, perché glielo impedivano i pensieri che a frotte attraversavano il suo cervello. Prese la via degli stazzi di Giunchiccia e della Trinità, e si recò a visitare i parenti che da qualche mese non aveva riveduti. Volle lasciar passare alquanti giorni, prima di riprendere le visite allo stazzo dell'Avru; perocché comprendeva che non era prudente recarsi subito, dopo l'accaduto. Voleva farsi desiderare; ed impose a se stesso il sacrificio della privazione.

Dopo quattro giorni d'assenza, Bastiano presentavasi d'improvviso sul piazzale dello stazzo di Anton Stefano. Le donne, che lavoravano fuori dell'uscio, lo salutarono e gli fecero feste, chiedendogli conto della sua lunga assenza.

La Gavina, che stava in piedi sciorinando i panni sopra una corda tesa fra il muro della casa ed un mandorlo, si fece tutta rossa nel vederlo, ma continuò il suo lavoro dopo aver salutato il nuovo venuto con un cenno del capo.

Ella volle fare la risentita; ben sapeva che non era conveniente mostrar buon viso a Bastiano, dopo il bacio temerario che aveva ricevuto sul braccio.

Il muto si mostrava impacciato; non aveva la solita disinvoltura, né il solito buonumore, e la ragione si può comprendere.

La vecchia madre e le due figlie maggiori fecero a Bastiano un'accoglienza più cordiale e più espansiva del solito, mostrandosi dispiacenti di non averlo veduto per quattro giorni.

Il muto, però, sembrava sulle spine; per certo era venuto allo stazzo con un disegno prestabilito, che non aveva coraggio di tradurre in atto. Aveva una mano in tasca, come se celasse un oggetto che voleva, ma non osava mostrare.

Finalmente ruppe ogni indugio, e mostrò alle donne due piccoli orecchini di corallo montati in oro.

«Oh belli!» esclamarono in coro le tre donne; e i loro occhi scintillarono per compiacenza.

Gli orecchini passarono dall'una all'altra mano, e vennero rivoltati, pesati, ed esaminati attentamente.

Nessuna delle donne però chiese a chi fossero destinati, forse perché lo avevano indovinato.

La sola Gavina aveva continuato a stendere i panni di bucato sulla corda tesa, ma senza levar gli occhi e senza voltarsi.

Le sue orecchie però erano più tese della corda, e non perdevano una sillaba di quanto si diceva.

«Guarda! guarda, Gavina! che graziosi orecchini» esclamò la vecchia, rivolgendosi alla figliuola che faceva la distratta e l'indifferente.

A quella chiamata Gavina volse la testa verso le sorelle; ma poi continuò l'opera sua, dicendo con freddezza e senza alcuna curiosità:

«Molto belli!».

«E… di chi sono?» aveva osato chiedere la vecchia al muto, per non mostrarsi troppo sfacciata confessando che sapeva a chi erano destinati.

«Sono i miei» fece il muto, puntandosi sul petto l'indice della mano destra.

«Vuoi forse metterli tu?».

«No: voglio regalarli» fece intendere il muto coi gesti.

«Regalarli e a chi?».

Il muto arrossì un pochino, e accennò, cogli occhi la Gavina, che in quel momento gli dava le spalle affaccendata più che mai nella biancheria, per la quale in quella sera mostrava un'insolita cura.

«Non senti Gavina? Il muto dice che gli orecchini sono per te. È un regalo che egli vuol farti!».

Le due sorelle maggiori si fecero un po' serie, punte forse dall'invidia per il bel regalo toccato alla Gavina; e cercarono sfogare l'interno cruccio con un po' di sarcasmo e di burletta.

«Già! la Gavina ci guadagna sempre in questa ridicola commedia!» disse l'una.

«Pare che questo stupido imbecille prenda la cosa sul serio!» esclamava l'altra.

«Fa già dei regali, l'amico!».

«E non sarà certo l'ultimo!».

«Tacete, maldicenti!» aveva esclamato la madre. «Bisogna sempre accettare ciò che Dio ci manda! Badate piuttosto, che egli non si accorga delle vostre celie!».

«Se è sordo più del granito!».

«La nostra Gavina è ben fortunata se sposa un sordo-muto. Dev'essere una bella felicità per una moglie, vivere con un marito che non parla e non ode!».

Il muto, poveretto, non poteva udire i discorsi che gli facevano sul muso; ed era ben lontano dall'immaginare di qual natura fossero. Quelle scaltre parlavano di lui chine sugli orecchini, come se tessessero le lodi del dono e del donatore.

Dopo esser stati esaminati per ogni verso, gli orecchini vennero restituiti al muto, il quale li prese, si accostò a Gavina, e con un'occhiata supplichevole che voleva significare tante cose, la pregò di accettarli per ricordo di un amico affettuoso.

La fanciulla – già indispettita e addolorata per gli sconvenienti discorsi fatti dalla madre e dalle sorelle – dimenticò il suo risentimento, e sorrise al muto, ringraziandolo con uno sguardo che partiva da due occhi pieni di lacrime.

Ella non poteva tollerare che si deridesse o s'insultasse il suo povero muto, che non poteva difendersi.

L'odio altrui, e l'altrui disprezzo, erano state le cause prime del suo affetto per Bastiano: lo aveva già dichiarato alle sorelle, e non aveva mentito!

Con una grazia tutta infantile, quasi per compensare il muto delle maligne parole scambiate fra le sorelle, la Gavina prese gli orecchini dalle mani di Bastiano; e se li appese alle orecchie.

Gli scherzi, e le celie e le mormorazioni che seguirono a questa scena, si possono ben immaginare; ogni donna disse la sua e non si cessava mai dal ringraziare il donatore della prova di gentilezza data in quella sera.

Quando sul tardi Anton Stefano rientrò nello stazzo gli fecero il racconto dell'accaduto, e si cominciò da capo con le matte risa. Il vecchio pastore non rispose, e sedette a cena molto serio. Egli si lasciò scappare:

«Temo che le cose siano troppo spinte. Dio voglia che non abbiamo a pentircene!».

«Uh! che scrupoli» esclamò la moglie.

«Ti par possibile, concedere nostra figlia ad un sordomuto, ad un bandito?».

«Per l'appunto; e neppur lui lo crederà».

«E se lo credesse sul serio?».

«Allora la colpa sarà sua».

«No: sarà la nostra; anzi la tua… tutta tua!».

«Ti pare?».

«Proprio così… E a te, Gavina, che pare?».

La Gavina, all'interrogazione del padre, abbassò gli occhi e la faccia sul petto; arrossì, ma non rispose.

Il vecchio la guardò un istante; scambiò un'occhiata con la moglie, e si accinse a mangiare la zuppa, dando una scrollatina di spalle.

«Temo molto che…».

E inghiottì in una volta il cucchiaio di zuppa, e la metà della frase!

19. Battaglia dello spirito

Non erano ancora trascorsi due mesi dagli avvenimenti da noi narrati.

Una gran parte del genere umano pretende conoscere la sera dalle promesse del mattino, ed è pretensione fallace!

Il giorno che nasce non dà l'immagine del giorno che muore; perocché un'alba serena e limpida non garantisce la limpidezza e la serenità d'un tramonto.

Il tempo passa, e l'uomo invecchia.

Chi non sa che l'esperienza può dare un nuovo impulso alle nostre idee, ai nostri desideri, ai nostri propositi?

Le passioni turbano sempre il mare della vita, così quando si destano, come quando si assopiscono.

Insensato chi si crede padrone del domani.

L'uomo non falla quando manca alle promesse, falla quando promette.

Più a lungo accarezziamo una speranza, e più saremo sicuri del tedio quando l'avremo realizzata.

Chi giura, dichiara già di mancare al proprio giuramento.

Giurare non è indizio di fermezza di carattere, né di onestà d'intenzione; è un confessare la debolezza del nostro carattere e l'instabilità dei nostri propositi.

L'animo forte ed energico non ha bisogno di vincolare la sua volontà col giuramento.

Il tempo passa.

Coi giorni che corrono l'uomo diventa vecchio, e la fanciulla può diventar donna.

Si sa che il tempo può fortificare, o infiacchire una fibra.

Col tempo l'uomo ha diritto di cambiar le proprie opinioni, e la donna di cambiar le mode, il primo può diventar deputato e ministro, e la seconda potrebbe diventar fidanzata e madre.

Come possiamo noi contar sul domani, quando non ci è dato strappare il velo che circonda l'ignoto? Perché tacciare d'incostante e di volubile la natura umana se essa non è responsabile del vento che spirerà il domani? Il vento increspa la superficie del mare, come il tempo increspa la superficie dell'uomo… che non è sempre la pelle!

Se, dopo due mesi dagli avvenimenti da noi narrati, il lettore avesse fatto una visita alla famiglia di Anton Stefano il pastore, si sarebbe subito accorto che un mutamento era venuto nello stazzo dell'Avru.

Era un mutamento sensibile, ma che ancora non si era manifestato palesemente.

Gli animi tutti erano preoccupati, ma si aveva paura di una confessione reciproca.

Ciascuno teneva chiuso in cuore il proprio pensiero, e aspettava rassegnato il responso degli eventi.

Come la sarebbe finita? Era questa la domanda che ciascuno si faceva nel segreto della propria coscienza; ma la risposta era nella mente di Dio, e si aspettava la soluzione degli avvenimenti con impaziente trepidanza.

Che cosa dunque era avvenuto nello stazzo di Anton Stefano? Passiamo in rassegna ed esaminiamo i diversi personaggi del nostro racconto, giacché fra gli uffici del romanziere è pur quello di giudice istruttore!

La Gavina era smaniosa, irrequieta. Mostravasi stanca, svogliata, e soffriva di frequenti distrazioni. Sentimenti diversi si alternavano nel suo cuore. Quella strana alternativa di contrari sentimenti non era frutto dell'assidua e occulta cura che da tempo la travagliava; qualche cosa di nuovo era penetrato nella sua anima.

Due opposti sentimenti si combattevano in lei: era una lotta disperata, accanita, tra due forze uguali; un desiderio indefinito di una felicità insperata, contro il rimorso di una colpa che sapeva di non aver commesso.

Si sentiva perplessa, incerta dinanzi ad un sogno che la lusingava, e ad un ricordo che l'accusava di ingratitudine.

Erano torture inesprimibili e inesplicabili!

Ella diventava sempre più pallida, più sofferente; soffriva di capogiro, mangiava poco, e poco dormiva. Provava un senso di peso alle palpebre e una stanchezza insolita nelle membra.

Erano strani per lei quei patimenti angosciosi, ma più strano l'accorgersi che nessuno de' suoi cari le chiedeva ragione del suo malessere.

Perché ciò? Era forse perché coll'astuzia sapeva celare il suo malore, deludendo la vigilanza materna? O forse tutti la lasciavano in pace per non tormentarla maggiormente?

Per certo ella si avvedeva che qualche cosa di nuovo accadeva nello stazzo; perocché più volte aveva sorpreso in segreto colloquio le sorelle e la madre; e si era ben accorta che al suo appressarsi i discorsi venivano interrotti, o cambiati all'improvviso.

Il cuore le diceva che si tramava qualche cosa per il muto.

Anton Stefano era diventato serio e meditabondo; pareva che fosse imbronciato con tutti, specialmente con la moglie.

Spesso cenava senza dire una sola parola; o si allontanava bruscamente, senza che la moglie gli chiedesse ragione del suo broncio: segno evidente che quei malumori erano frutto di precedenti diverbi fra marito e moglie.

Talvolta Anton Stefano rispondeva di mala grazia a chi gli moveva qualche domanda; e si adirava senza motivo, cercando futili pretesti per dare in escandescenze. E questa sua condotta tanto più faceva meraviglia, in quanto che il pastore era piuttosto di carattere dolce e di una pazienza ammirabile.

Bastiano, dal suo canto, era diventato ringhioso come un cinghiale. Girava intorno i suoi grandi occhi spalancati, quasi con essi volesse udire; e li piantava in faccia a tutti con una diffidenza, che da qualche mese non gli era più abituale.

Giammai, come in quel tempo, gli era sembrata tanto penosa la mancanza dell'udito e della parola.

Diventato sospettoso all'eccesso, era capace di sedersi in un canto del piazzale, e di rimanere colà due ore di seguito coi gomiti sulle ginocchia e col capo fra le mani.

Un nuovo personaggio era venuto nello stazzo dell'Avru: Giuseppe, uno dei nipoti di Anton Stefano. Costui parlava assai spesso colla Gavina; ma la Gavina si tratteneva con lui con una certa titubanza, massima quando il muto era presente. E tanto il muto, quanto la fanciulla, si erano accorti di una singolare dimestichezza fra Giuseppe e i due vecchi di casa. Anzi si era notato che parlavano sempre insieme, a bassa voce, in modo che gli altri della famiglia non udissero i loro discorsi.

Tutti dunque, nell'Avru, parevano sotto il peso d'una cura segreta che li tormentava. Le diverse cure parevano divise in tre distinti gruppi. L'uno si componeva dei due vecchi e del nuovo venuto; il secondo delle due sorelle di Gavina; e il terzo, finalmente, di Gavina e di Bastiano il muto, i quali però non facevano causa comune, ma meditavano ciascuno per proprio conto, celandosi a vicenda i sospetti e l'inquietudine da cui parevano turbati.

E perché il lettore conosca le cause intime del turbamento che regnava nella famiglia di Anton Stefano, racconteremo i nuovi fatti avvenuti nello stazzo dell'Avru nel breve giro di due mesi.

20. Il cugino Giuseppe

Giuseppe, parente di Anton Stefano, possidente di terre e di bestiami, da qualche tempo visitava con frequenza lo stazzo dell'Avru; e più volte s'era trovato col muto, ch'egli già conosceva per la trista fama che aveva acquistato nelle inimicizie dei Vasa coi Mamia.

Le visite di Giuseppe, prima rarissime, e ormai troppo frequenti, dovevano per certo avere una causa, e la causa c'era; e si può di leggeri indovinare, quando si consideri che Giuseppe era un bel giovine di vent'otto anni, e che nell'Avru abitava una bella cugina di sedici.

Una sera, Giuseppe, mentre trovavasi nello stazzo dello zio, si era messo a meditare sui propri casi, e si era persuaso ch'era ormai tempo di metter su testa e casa; che la vita di scapolo a lungo andare viene a noia; e che era cosa saggia formare una famiglia per dividere coi proprî figli quel po' di fortuna che il buon Dio gli aveva concesso.

Pensò che ancora era giovine; che con gli anni le forze mancano, e che è una grave sventura non aver molte braccia per lavorare le proprie terre.

E così ragionando, volse lo sguardo in giro, e i suoi occhi si fermarono per caso sulla cuginetta che faceva la calza sul limitare dell'uscio.

Guardate combinazione! per la prima volta soltanto si accorgeva, che la cuginetta, che per tanti anni egli aveva considerata come una bambina, si era fatta grande, belloccia, e buona padrona di casa.

Da quel giorno Giuseppe frequentò con più assiduità lo stazzo dello zio, e trascurò alquanto le sue faccende. Seduto in mezzo alla famiglia di Anton Stefano, egli raccontava qualche storiella, inventava burlette, e cercava tutti i modi possibili per entrare poco per volta nelle grazie della Gavina; la quale lo ascoltava con piacere, e faceva le grasse risate ai motti di spirito del galante cugino.

Dico *entrare nelle grazie*, poiché nei matrimoni sardi il volere dei genitori è sacro, e la volontà della donna è quasi sempre sottomessa all'autorità paterna. L'ottenere però le grazie di una fanciulla è già la metà dell'opera, e Giuseppe queste cose le sapeva.

La Gavina, in su le prime, prese gli scherzi di Giuseppe come si prendono i complimenti dei congiunti: con un po' di riso, un po' di celia, e molta compiacenza. I cugini innamorati hanno però un sopravvento sopra gli altri mortali: avendo vissuto insieme alle cugine, ne conoscono meglio i capricci e le debolezze, i pregi e i difetti; quindi, volendo spiegarsi vanno per la via più breve, e arrivano più presto all'intento. Aggiungete a questo la maggior fiducia e libertà che loro si concede dai parenti, e vi convincerete che ho tutte le ragioni del mondo per farmi forte di questa asserzione.

Quando però la Gavina si avvide che il cugino andava troppo oltre nelle celie, e che le sue occhiate erano troppo significanti, pensò bene di ritirarsi un po' indietro e di opporre un po' di ritegno alle scappatelle dell'innamorato. Il cugino che diventa amante, cessa per diritto d'essere parente; e non è più ammesso nei segreti di gabinetto, finché il prete non gli conceda la benedizione nuziale.

Il primo pensiero di Gavina, non appena si accorse delle intenzioni del cugino, fu il muto; il suo primo sentimento fu una ripulsa netta, decisa, inesorabile. Che avrebbe pensato Bastiano della sua perfidia? Come avrebbe potuto vivere senza di lei? Chi si sarebbe più curato di quel reietto dagli uomini e da Dio, di quell'infelice deriso dalla natura e bersagliato dalla umana giustizia?

Queste considerazioni bastarono per farla star in guardia contro gli assalti del cugino, consigliandola a ridere con più schiettezza alle celie, ed alle dichiarazioni del nuovo innamorato, come se li considerasse un semplice scherzo permesso dalla stretta parentela.

Il riso è per le donne un'arma potente per tener a bada un uomo, senza esporsi al pericolo delle rampogne o di uno spiacevole sgarbo.

Una donna che facilmente ride ad ogni complimento, si capisce assai poco; ma se Giuseppe capiva pochissimo la Gavina, capiva abbastanza per persuadersi che non gli era antipatico: ciò che bastava per non scoraggiarlo. Il resto sarebbe venuto in seguito. Pel momento gli era sufficiente quell'affezione, la quale, unita alla autorità paterna, poteva procurargli la moglie ch'egli aveva sognata, e in seguito le braccia necessarie alla coltivazione delle sue terre.

Giuseppe, intanto, si diede a valersi di tutto il suo ascendente sopra i vecchi genitori di Gavina, per strappar loro un consenso, che non poteva mancargli. E da quindici giorni aveva incominciata la sua opera, con una pazienza e con una tenacità che provavano il suo amore per la giovinetta e il suo fermo proposito di piantar su casa, ed una famigliola ammodo.

La Gavina, che vedeva inutili tutte le sue astuzie per scongiurare gli assalti del cugino, credette premunirsi contro le insidie pensando con più intensità al muto; e sperava di trovar motivo ad un rifiuto, vincolando la sua coscienza ad una promessa di fedeltà, che, in fondo in fondo, non aveva mai fatta. L'ingenua fanciulla aveva dimenticato che Bastiano era sordo e muto, vale a dire, che non aveva potuto svelare a lei il suo amore, e che da lei non aveva potuto udire una sola parola che lo autorizzasse a rimproverarle la mancata fede.

Giuseppe non aveva per anco esternato allo zio ed alla zia le sue intenzioni riguardo alla loro figliuola; egli rimandava di giorno in giorno la sua domanda di matrimonio; ma intanto, in quei giorni, aveva finito per innamorarsi pazzamente della cugina, tanto da diventare frenetico. Il lungo aspettare è per l'amante sempre fastidioso, e non fa che accrescere il desiderio del possesso. Si era così verificato, che la Gavina, col suo ritegno, non aveva fatto che pregiudicare i propri disegni.

Se però Anton Stefano non immaginava le ragioni delle frequenti visite del nipote ben lo avevano immaginato la madre e le sorelle di Gavina: quella con una certa soddisfazione per il partito vantaggioso che si presentava alla figlia, e queste con una certa invidia dispettosa, per la fortuna che toccava sempre alla sorella minore.

Giuseppe aveva sul muto molti vantaggi; e fra gli altri ne aveva due che a una donna non potevano tornare discari: la leggiadria delle forme e il fascino della parola.

Questi due vantaggi non potevano sfuggire alla graziosa figlia di Anton Stefano.

Essa non poteva necessariamente stabilire confronti tra la figura simpatica ed aperta di Giuseppe, ed il volto accigliato e chiuso di Bastiano. Doveva senza pur volerlo, paragonare l'eterno silenzio che regnava intorno al muto, con la voce argentina e insinuante del cugino. Per quanto dagli occhi e dai lineamenti di Bastiano sfavillassero i pensieri che turbavano quell'anima irrequieta e misteriosa, pure tutto ciò era al disotto del fascino che esercitava la parola di Giuseppe, sempre ardente, armoniosa, irresistibile. Il cugino manifestava con poche parole, ciò che il muto non riusciva ad esprimere con un mondo di gesti e di suoni indistinti. D'altra parte, il linguaggio di Bastiano era limitato: pochi segni e pochi rantoli che rivelavano le sue sensazioni, più che i suoi sentimenti. Quelle labbra, quasi condannate all'immobilità, non avevano ricchezza di suoni, il vocabolario del muto era povero, circoscritto, ristretto ai più urgenti bisogni della vita; e per quanto Gavina fosse addentro nei misteri di quell'anima tribolata, tuttavia non poteva percepire tutti i pensieri del muto; non poteva, dirò così, afferrare tutte le sfumature del sentimento che traboccava da quel cuore. Molte cose la fanciulla non capiva, e se fingeva capirle, ciò faceva per non affliggere il muto, il quale diventava furioso quando si accorgeva che mal si spiegava, o che non veniva compreso.

Vi era di più: il muto, nell'impeto della passione, era orribile a vedersi, e destava quasi ribrezzo. La sua fisonomia si trasfigurava, le sue nari si dilatavano, le sue labbra si contraevano mandando suoni striduli, e gutturali, che non sapevano d'umano. Come le belve non aveva che suoni inarticolati.

Il muto era una creatura imperfetta, e Gavina lo sapeva. Essa era legata a lui da una profonda pietà, dal melanconico affetto che sentono le anime gentili per gli sventurati. Lo amava per le sue imperfezioni fisiche, per la sciagura da cui era stato colpito, per la sua vita errante e tribolata, per la convinzione che, senza di lei, tutti lo avrebbero odiato. Gavina voleva compiere la sua opera di redenzione; si era quasi votata a quella santa missione; si era prefissa un'opera di misericordia; si era imposta un sacrificio che voleva compiere ad ogni costo, anche a prezzo della propria felicità. Non era essa padrona del suo cuore e delle sue azioni? Chi poteva proibirle di amare e di proteggere uno sventurato?

Le sorelle maggiori e la madre erano ben lontane dall'immaginare quanto Gavina volesse bene a quell'infelice. Se lo avessero immaginato, forse non avrebbero incoraggiato nel muto la speranza d'esser corrisposto, non avrebbero concessa tanta libertà alla giovinetta, con la convinzione che la bruttezza del muto e le sue imperfezioni fisiche, fossero una garanzia sufficiente per allontanare l'amore. Dinanzi a quel deforme, una fanciulla non poteva temer pericoli, il cuore non poteva aver palpiti, la carne non poteva aver desideri!

Dunque la madre credeva in buona fede di non mancare al suo dovere, permettendo alla figlia i lunghi colloqui da solo a sola col muto. Bastiano non era un uomo, non era una tentazione, non era un pericolo: era un aborto della natura. Bisognava solo guardarsene come un cane ringhioso che all'occasione poteva mordere, e null'altro. Tutta la prudenza non consisteva che nell'accarezzarlo, ecco tutto!

Abbiamo detto che Gavina si era imposta il sacrificio di amare e proteggere il muto; ma bisogna aggiungere, che, quando ciò prefiggeva, ella non aveva ancora veduto il cugino; o, meglio, non aveva da vicino apprezzato le belle doti di quell'uomo che le aveva parlato di amore con una parola calda, melodiosa, affascinante. Giurò a se stessa, in buona fede, ma fu imprudenza, perché non considerò che il domani è nelle mani di Dio, e che è pericoloso per una fanciulla di sedici anni star vicino ad un uomo di trenta, anche quando è sordo e muto!

Fatto sta che, agitata da due opposti sentimenti, e spaventata dalla lotta che s'impegnava nella sua anima, Gavina da un mese viveva una vita d'inferno. Le sue veglie erano piene di angosce e di paure, i suoi sonni turbati da cento fantasmi.

In mezzo alle lotte disperate, quella debole creatura trovò le forze di prendere una ferma risoluzione: fuggire Giuseppe. Gavina voleva essere come Bastiano, sorda ad ogni parola, muta ad ogni preghiera.

Bastava ch'ella vedesse il cugino, perché si desse alla fuga; bastava udisse la voce di Giuseppe perché impallidisse, si turbasse, e sospendesse ogni faccenda domestica.

Ogni parola la faceva trasalire, ogni suono la faceva fremere. Tendeva paurosamente l'orecchio ad ogni rumore, e bastava il gemito del vento perché il suo cuore accelerasse i palpiti.

Era capace di piantare bruscamente la comitiva con un futile pretesto, se sentiva le pedate, o la voce di Giuseppe che arrivava allo stazzo.

Che più? Si era persino ridotta a fargli degli sgarbi.

Il contegno della Gavina non tardò a impressionare seriamente la famiglia. I suoi modi poco urbani non facevano che compromettere la pace domestica, minacciando anche di provocare spiacevoli conseguenze, tenuto conto del carattere irritabile dei galluresi.

La vecchia colse più volte occasione per rimproverare la figlia; e giunse persino a minacciarla. Il padre la sgridò severamente, e le sorelle non facevano che maltrattarla dal mattino alla sera.

«Perché simili smorfie?» le dicevano. «Che ti ha fatto Giuseppe? La più bella e la più ricca fanciulla di Gallura si chiamerebbe ben fortunata delle gentilezze di tuo cugino: e tu lo tratti in tal modo? A lui sempre il broncio e al muto tutte le attenzioni: Giuseppe sempre disprezzato, e quel sordone, quel bandito, quel mostro, sempre oggetto delle tue carezze. Va! Sei pure la sciocca e la gran capricciosa! Ma già! Dio dà sempre il pane a chi non ha denti!».

E la Gavina, muta ai rimproveri delle sorelle, non faceva che sospirare e piangere.

«Zoticona – le diceva il babbo – chi ti ha insegnato simili villanate in casa mia? Non si può, dunque più scherzare? Guai a te se non cambi maniera con Giuseppe!».

E Gavina piangeva come una bambina, e non sapeva rispondere. Si ritirava nella stanza da letto, e là dava sfogo alle sue lagrime.

Un giorno si trovava sola nell'orticello, intenta a cogliere i fagiolini. Udì uno stropiccio di passi, e vide a sé dinanzi Giuseppe. Gavina tremava come foglia, e si fe' bianca come un pannolino di bucato.

«E perché tanta paura quando io ti parlo? Che mai ti ho fatto, o Gavina, perché tu mi tratti in tal guisa? Ti sei forse offesa perché ti ho detto di volerti bene? Le mie intenzioni sono oneste, ed è mio divisamento di chiederti in moglie al babbo. Ti dispiacerebbe dunque ch'io ti conducessi meco, per formare una famiglia? Ebbene, dimmi francamente che ti sono antipatico, ed io partirò subito, giurandoti di mai più rivederti!».

Vi era tanto affetto e tanto dolore nell'accento di Giuseppe che Gavina ne fu vivamente commossa.

«Giuseppe – gli rispose – no; non mi sei antipatico; non mi sono offesa delle tue dichiarazioni, né avrò mai a male le parole di colui, col quale ho passato la parte più bella della mia fanciullezza. Ma…».

«Ma?…».

«Ma, per ora lasciami in pace, non interrogarmi… Più tardi, forse, ti dirò tutto…».

«Dimmi almeno che…».

Un grido della fanciulla, interruppe la frase del giovine il quale vide la cugina arrossire fin nel bianco degli occhi, e prendere la corsa verso lo stazzo.

Meravigliato di un tal contegno, Giuseppe seguì con gli occhi la cugina che si allontanava; e nel voltarsi notò il muto dietro l'opposto muro di cinta.

Giuseppe andò incontro a Bastiano con un cordiale sorriso; e nella presenza dell'importuno credette aver trovata la causa, della scomparsa di Gavina.

Fin'allora egli aveva ignorato le intenzioni del muto, perché le donne si erano ben guardate di palesare a Giuseppe lo scherzo innocente fatto a quel disgraziato.

Giuseppe salutò col capo Bastiano; ma, distratto com'era non si avvide del feroce sorriso che errava sulle labbra della belva gelosa; la quale da qualche tempo si era accorta del sentimento che nutriva il suo rivale per la figlia di Anton Stefano.

Quella sera Giuseppe aveva preso la risoluzione di tradurre in atto il suo progetto. Si era proposto di prender moglie, né voleva più oltre indugiare nel far la domanda ai genitori della cugina.

21. La domanda di matrimonio

Anton Stefano aveva terminato il suo pranzo frugale; e se ne stava, al solito, sdraiato sotto un elce che trovavasi sotto il riparo di un macigno, a breve distanza dallo stazzo.

Giuseppe, arrivato nel momento all'Avru, senza neppur salutare le donne, si era incamminato verso il pastore, e gli sedette al fianco. Dopo avergli dato il buon giorno, prese addirittura a entrare nell'argomento.

«Anton Stefano, voi avete notato da qualche tempo la frequenza delle mie visite al vostro stazzo; e son persuaso che avrete chiesto a voi stesso la ragione della mia premura insolita nel salutare la vostra famiglia».

«Difatti, non lo nego, le tue visite frequenti mi hanno stupito alquanto. "Giuseppe", ho detto fra me stesso, "lascia le sue terre troppo in abbandono, e trascura i suoi interessi"!».

«Che cosa avete pensato di me?».

«Che volevate darvi alla vita dello scioperato».

«E vi siete ingannato! Io invece, qui venendo, non ebbi in animo che di metter testa, e di cominciare una vita più seria e più attiva!».

«E come questo!».

«Ve lo spiego in due parole, e senza preamboli. Voglio prender moglie!».

«E venite a me per chiedere un consiglio?».

«Oibò! Vengo a voi per chiedere la moglie».

«A me?»

«Sicuro. Perché voi solo potete darmela: voglio la Gavina!».

Anton Stefano, che era sdraiato, si alzò di colpo e si mise a ridere.

«Mia figlia?».

«Sì, vostra figlia! Non fatemi osservazioni di sorta, perché ci ho pensato a lungo. La mia età, la mia condizione, la mia moralità, il mio patrimonio, son tutte cose a voi note, né avete bisogno di attingere informazioni al mio riguardo. Rispondete dunque netto e senza complimenti: me la date, sì o no?».

Anton Stefano riaccese lentamente la pipa che si era spenta, si aggiustò il berretto, prendendo tempo per rispondere. La risposta alla domanda di Giuseppe fatta così a bruciapelo, non era così facile a darsi, come il suo parente credeva.

Si avvide subito Giuseppe dell'impressione prodotta nel vecchio, dalla sua domanda, e se ne sgomentò. Che cosa poteva impedirgli di dare una risposta affermativa, spontanea? Perché quella nebbia e quell'improvviso cambiamento nel volto del vecchio? Con gli occhi fissi in quelli dello zio, egli aspettò trepidante una risposta, che tardava troppo ad uscirgli dalla bocca.

Dopo aver carezzato a più riprese la sua barba grigia, Anton Stefano, rivolto al giovine gli disse con tono grave e solenne.

«Capirai, Giuseppe, ch'io ti conosco, e che il riceverti come figlio nella mia famiglia sarebbe un onore, di cui andrei orgoglioso. Miglior partito per la mia figliuola non potrei pretendere, né essa troverebbe. Vi è però un ostacolo grave che si oppone al tuo e al mio desiderio, trattasi di delicatezza, di prudenza, di cuore, e...».

«Ostacolo grave?… di delicatezza?… Non capisco!».

«Ho motivo di credere che Gavina non sia affatto libera di cuore…».

Un sudore freddo bagnava la fronte di Giuseppe.

A questa rivelazione sentì una mano comprimergli il cuore.

Senza volerlo, ripensò allora al contegno strano di Gavina, alla sua perplessità, ai modi singolari, che fin allora egli aveva creduto frutto di timidezza e d'ingenuità.

«Avete motivo a credere che Gavina non sia libera?» ripeté, dubitando di aver male inteso.

«Sì. Vi è forse un altro pretendente, che potrebbe creare qualche disturbo a me… ed a voi!».

«Un altro pretendente?».

E Giuseppe cercava col pensiero chi poteva essere quest'uomo a lui sconosciuto.

Da due mesi circa che egli frequentava lo stazzo, non aveva mai veduto alcuno che potesse inspirargli timore.

Per quanto si torturasse la mente, non poté rintracciare il suo misterioso rivale.

«E quest'uomo frequenta il vostro stazzo?».

«Sì».

«Ed io lo conosco?».

«Sì».

«Ditemi il suo nome».

«Bastiano».

Giuseppe si rizzò in piedi come spinto da una molla, e facendosi presso al vecchio, ripeté:

«Bastiano Tansu?».

«Egli stesso».

«Il sordo-muto?!».

«Il sordo-muto!».

La calma tornò di nuovo nel cuore di Giuseppe; e componendo il labbro ad un amaro sorriso, esclamò, quasi offeso:

«Anton Stefano, voi scherzate e volete farvi giuoco di me. Ciò non sta bene, quando si tratta di cose serie!».

Il vecchio soggiunse con pari serietà:

«Io non uso scherzare, quando trattasi dell'avvenire di mia figlia, e della lealtà del giovane onesto che me la chiede. Ho detto il vero!».

Giuseppe si passò una mano sulla fronte, credendo sempre di sognare.

«Ma... – soggiunse dopo una breve pausa – Gavina si contenta?».

«Non lo so. Potrebbe anche contentarsi!».

«Potrebbe? Siete dunque voi che volete questo matrimonio?».

«Né io né mia moglie possiamo volere per genero un sordo-muto».

«Né un volgare assassino...».

«Giuseppe...!».

«Sì un assassino; sarei anche capace di dirglielo in faccia!» gridò indignato il giovine, non credendo ancora a quanto il vecchio andava narrandogli. «Spiegatemi almeno come stanno le cose».

«Ma... non saprei forse spiegarle. Il muto da qualche tempo frequenta il mio stazzo... ci aiuta, fa qualche lavoro, ed ha un carattere dolcissimo. Si mise però in testa che la Gavina potesse far per lui; si lusingò... non so di che; prese sul serio certi scherzi delle donne... e pare che nutra delle serie speranze».

«Ed è tutto questo?».

«Sì».

«E vi fece intendere la sua intenzione?».

«Oh, mai!... ha fatto, così qualche regaluccio...».

«E allora?».

«Voi conoscete il muto... sapete quanto è feroce quando si mette in testa una cosa...».

«Ma vi è mezzo di fargliela togliere» esclamò vivamente Giuseppe, con gli occhi che mandavano lampi. «Gli si dice con le buone... e se con le buone non intende, si ricorre alle cattive... e si mette addirittura alla porta. Insomma, io vi domando la mano di vostra figlia Gavina» esclamò risolutamente il giovine. «Me la date sì o no?».

«Per parte mia ve la concedo, e con piacere; però pretendo seriamente che il muto non sia molestato e che io non abbia a soffrire alcun disturbo, o dispiacere: egli è parente dei Vasa, e ben so quanto bisogna andar cauti in fatto di inimicizie. Tutte le grandi cose, in Gallura, furono sempre partorite dalle cose piccole, e so quel che mi dico. Abbiate dunque pazienza, o Giuseppe, se è vero che amate la mia figliuola; e se vi riuscirete con la prudenza e con l'astuzia a far ricredere il muto delle sue stolte pretenzioni, il contratto è bell'e stabilito, né se ne parli più. Stasera ne terrò parola a mia moglie, e vedremo il partito da prendere. Vi prevengo però: desidero, anzi voglio, che si prendano tutte le cautele; senza ricorrere cioè a mezzi violenti e a scene spiacevoli; amo la tranquillità della mia casa e della mia famiglia, né voglio immischiarmi in contestazioni, che ho saputo evitare per ben cinquant'anni. Non vorrei aver disturbi nella vecchiaia. Non vi dico altro!».

«E sta bene. Io penserò a soddisfarvi».

E così dicendo Giuseppe si era allontanato dal vecchio, il quale, per tutta quella sera, non fece che ripensare alla domanda del nipote, studiando tutti i mezzi per togliersi d'impaccio nell'intricata situazione.

E aggiungete che Anton Stefano, che era una buona pasta d'uomo, aveva taciuto a Giuseppe, ciò che sempre aveva taciuto in famiglia.

In fondo in fondo il muto non gli dispiaceva, né aveva mai creduto un peccato mortale concedergli la figliuola.

Bastiano non poteva dirsi brutto; era un instancabile lavoratore, aveva dell'abilità, e non mancava di cuore.

«Gran che l'esser sordo-muto!» diceva nell'intimo della sua coscienza. «Conosco tanti giovanotti che parlano e che ascoltano, eppure son più muti e più sordi di Bastiano! Ma andate a dire queste cose alle mogli e alle figlie! Vi mangiano vivi».

Giuseppe meditò a lungo sul dialogo avuto col pastore, né arrivava a persuadersi dell'accaduto. Alla sua mente ritornavano certe circostanze non prima avvertite, e fra tutte la improvvisa comparsa del muto nell'orticello, e il grido e la fuga della fanciulla.

Quel grido era amore, od era paura?

Ecco quanto voleva sapere Giuseppe.

Qual sentimento aveva turbato la cugina? Poteva essa nutrire una passione per quello storpio?

Ciò non era probabile, la mente di Giuseppe rifuggiva da simili ipotesi.

Come mai Gavina poteva lasciarsi allucinare da un essere di quella fatta?

Dunque?... Bisognava cercare il segreto di quell'intrigo.

Che cosa accadeva nello stazzo?

Un pensiero balenò alla mente del giovane: il muto si era imposto col terrore, con quel terrore che lo aveva reso celebre nella sanguinosa lotta che s'era impegnata fra le fazioni dei Vasa e dei Mamia. Col terrore voleva imporsi al cuore della timida fanciulla, col terrore, voleva carpire il consenso dei genitori, col terrore, infine, sapeva allontanare da Gavina tutti quelli che gli davano ombra.

E ciò Giuseppe non poteva tollerare, né come amante, né come amico, né come parente della famiglia di Anton Stefano. E che? Non vi sarebbe dunque stato un uomo in Gallura, capace di far stare a dovere il muto? Era poi tanto potente e terribile costui? Non era egli un uomo di carne ed ossa come gli altri?

«Dicono che sia figlio del diavolo» concludeva Giuseppe. «Ebbene, anche per il diavolo quando ogni mezzo mancasse, c'è l'acqua santa!».

Giuseppe, nel segreto del cuore, passava in esame tutti i mezzi validi per far ricredere quel forsennato; ne trovava molti, ma c'era un guaio; bisognava far le cose in modo da non dispiacere al futuro suocero, che rifuggiva dai forti attriti, e da non spaventare la cugina, che egli già amava alla follia.

Il pensiero che un altro aspirasse a quella graziosa creatura, lo inquietava molto; e allo stesso tempo non faceva che accrescere la sua passione. Provava come un dispetto geloso, si sentiva umiliato d'essere costretto a lottare con un essere che egli credeva molto inferiore a lui, sotto tutti i rapporti.

Anton Stefano – la stessa sera – tenne parola alla moglie della domanda formale di Giuseppe, e dei timori che gli incuteva il muto.

Non si può immaginare la gioia con la quale la vecchia accolse la fausta nuova, che d'altronde era per lei assai vecchia; perocché la madre di Gavina aveva avuto più volte occasione di esplorare le intenzioni di Giuseppe per la sua figliuola.

Da quel momento la vecchia prese impegno di guidare lei stessa le cose.

«Lasciami fare – aveva detto al marito – se vorrai secondarmi prendendo consiglio da me, condurrò le cose in modo, che rimarrete tutti contenti».

«Temo però che noi le abbiamo troppo imbrogliate!». Aveva esclamato il vecchio, non sapendo vincere un presentimento che da lungo tempo lo tormentava.

«Fida in me!».

«Che Dio e San Gavino di Petra Màina ci aiutino!».

«E così sia!».

22. Tra madre e figlia

Una sera, mentre le due figlie maggiori e le serve erano tutte riunite nell'orticello, occupate nella raccolta dei legumi, la vecchia madre prese di fronte Gavina, la quale era rimasta sola nello stazzo, e le disse:

«Il tuo contegno misterioso ha già di troppo tenuto in pensiero la famiglia. È tempo ormai di togliere di mezzo qualunque equivoco. Rispondimi subito e senza reticenze! Dammi ragione della strana condotta che tieni con tuo cugino».

La fanciulla, colta alla sprovvista, arrossì, abbassò gli occhi e tacque.

«Rispondi: nutri dunque dell'odio per Giuseppe? Perché lo fuggi?».

Gavina, tremante come foglia, celò il volto nella palma della mano.

La vecchia, allora, le afferrò con violenza il braccio, le alzò con forza la testa, e costrinse la fanciulla a guardarla in viso.

«Lascia le moine ridicole, e rispondimi: perché fuggi Giuseppe?».

Dominata dal rigore materno, e in un accesso di passione, Gavina ruppe in singhiozzi; ed esclamò vivamente con accento concitato:

«Ma non vi siete dunque accorte che io fuggo Giuseppe perché l'amo troppo, perché la sua voce mi fa troppo male, perché i suoi occhi mi bruciano il corpo e l'anima!?».

E la fanciulla, vergognosa, nascose il volto nel seno della madre, e arrossì fin nel bianco degli occhi. La fisonomia della vecchia si rischiarò d'una gioia improvvisa; ella sorrise a se stessa; e chinandosi all'orecchio della figliuola, mormorò con voce dolce e affettuosa.

«E... se Giuseppe ti avesse chiesta in sposa?».

«Lo rifiuterei con tutte le mie forze!!» esclamò risoluta la fanciulla, levando la faccia.

«E se noi si volesse che tu lo sposassi?».

«Mi lascerei percuotere, uccidere da voi, ma non diverrei mai la sposa di Giuseppe, finché…».

E la fanciulla esitava.

«Finché?».

«Finché il muto mi vorrà bene!».

«Sei matta!?».

«Non capite che giammai darò a Bastiano il dolore di un mio rifiuto, dopo che egli ha tanto bisogno del mio affetto, dopo che voi… sì, voi!… gli avete fatto credere d'essere riamato? Sarò infelice, soffrirò per tutta la vita, ma non mi torturate più oltre. Finché il muto vivrà nella speranza del mio amore, io sarò irremovibile nel mio proposito. Non sposerò né l'uno né l'altro, ecco il sacrificio che posso fare; ma non domandate altro da me!».

La madre credeva di sognare: e stava già per rispondere alla figlia, quando d'improvviso questa si tolse alla sua presenza, e sparì nell'altra camera.

La vecchia volse uno sguardo alla porta, e vide il muto che si avvicinava allo stazzo, col fucile in spalla e con gli occhi a terra. Non aveva veduto Gavina.

Fu allora che la vecchia prese un'istantanea decisione.

Andò incontro al muto, gli fece capire che la seguisse perché aveva comunicazioni da fargli, e lo condusse nel vicino chiuso, dove si trovava Anton Stefano, seduto sotto un elce.

Dopo averlo invitato a sedere, la vecchia cominciò a fargli capire co' segni: che gli avevano sempre voluto bene, e che sempre lo avevano accolto nello stazzo come un onesto e carissimo amico.

Il muto fissò alquanto la vecchia, senza capire; ma in seguito i suoi occhi sfavillarono di contentezza, volendo dare un significato troppo benevolo a quella prima dichiarazione.

La vecchia, sempre coi gesti continuò a fargli capire, che fin'allora avevano con lui scherzato a proposito della figliuola, autorizzati a far ciò dalla piena confidenza che accorda l'amicizia; ma che era tempo ormai di regolarsi perché si trattava di cosa seria. Essi – i genitori – non potevano più oltre tollerare un'intimità che, sotto molti rapporti, poteva pregiudicare la loro figliuola.

Quantunque la madre s'ingegnasse di far capire al muto simile proponimento con gesti abbastanza espliciti, perché abituata da qualche tempo a conversar con lui; e quantunque il muto fosse abituato a comprendere i gesti della famiglia di Anton Stefano, pure quella sera pareva nulla comprendere: forse perché troppo lontano dalla crudele disillusione che gli si preparava.

Egli stava con la bocca e gli occhi spalancati, cercando quasi di raccogliere tutti i pensieri che per mezzo dei segni gli manifestava la vecchia.

Capiva solo che qualche sciagura gli sovrastava, poiché la fisonomia di quella donna era chiusa, e Anton Stefano non osava neppure levar gli occhi sopra di lui, lasciando tutta la responsabilità del messaggio alla moglie.

La vecchia, però, aveva pensato a tutto; e vedendo che co' segni non raggiungeva lo scopo, tolse lentamente di tasca una scatolina di cartone, e la consegnò al muto.

Quegli l'aprì; vide i suoi orecchini, impallidì e mandò un urlo.

Aveva tutto compreso. Ritto in piedi, chiedeva spiegazioni, con gli occhi, con la bocca, con tutta la persona!

La vecchia gli fe' intendere che Gavina non poteva più ritenere presso di sé quegli oggetti.

«Per qual motivo?».

«Perché la comprometterebbero».

«Ma perché allora accettarli?» fe' intendere il muto.

«Per sola amicizia, per non offenderti».

«E perché non può tenerli come dono di amicizia?».

«Perché un sol uomo può regalare simili oggetti; un promesso, e tu non fosti mai tale».

«Non gli si disse, che, se lavorava nello stazzo per conto loro, gli avrebbero concesso la fanciulla?».

«Fu uno scherzo!».

«Non gli si disse che Gavina gli avrebbe voluto bene?».

«Fu uno scherzo!».

«Perché lusingarlo, accettandolo nello stazzo?».

«Scherzo!».

«E che male potrebbe venire a Gavina, se ritenesse, come una memoria, i suoi orecchini?».

«Potrebbe spiacere all'uomo che la chiedesse in sposa».

«Ma quest'uomo non c'è!».

«C'è!».

«Chi mai?».

«Giuseppe!».

Questo dialogo era stato fatto a furia di segni e di urli, ma il muto aveva tutto capito.

Mandò un grido, gettò uno sguardo fulminante sulla coppia che gli stava dinanzi, e ripose in tasca con moto febbrile la scatoletta di cartone, che la vecchia gli aveva restituito.

Era una fiera, un pazzo, e ne ebbero paura.

Il muto rifletté alquanto; poi, digrignando i denti, mostrò il pugno chiuso ad entrambi; afferrò con mano convulsa la canna del suo fucile; tolse di tasca il suo fazzoletto, lo lacerò coi denti, e lo gettò ai loro piedi; quindi strinse sul petto le due braccia in forma di croce, indicò il cielo, segnò col dito lo stazzo, e piegò leggermente la testa sulla palma della mano destra.

Con tali segni egli aveva detto:

«Giuro di uccidervi tutti, se non manterrete la promessa, concedendomi in sposa la vostra figliuola!».

E senza aspettar risposta, Bastiano si diede a correre verso la campagna, come se fosse inseguito.

Non si volse, non sostò mai; andò sempre innanzi, saltando su per le rocce, senza sapere ove andasse.

Era nuovamente diventato una belva.

Anton Stefano e sua moglie lo seguirono macchinalmente con gli occhi per un buon tratto, poi si guardarono in faccia.

«Ebbene» disse la moglie.

«Ebbene… temo che la cosa vada a finir male!».

«Lo credi proprio?».

«Sì!».

«Allora puoi toglierti i calzoni e metterti le gonnelle perché non sei che una femminuccia!».

23. Un giuramento

Il muto era fuor di senno; e Anton Stefano ben sapeva di quanto sarebbe stato capace quel mostro per mettere in opera la sua minaccia.

Non frappose tempo in mezzo. Anton Stefano, all'indomani, si recò negli stazzi della Trinità per conferire coi Vasa e con gli altri parenti di Bastiano. Espose lo stato delle cose: le minacce e le pretensioni del muto, i timori e le inquietudini della famiglia.

I parenti, essi stessi, riconobbero le sciocche pretese del muto, e promisero d'intromettersi nella questione per scongiurare qualunque imprudenza. Essi assicurarono Anton Stefano, che avrebbero calmato Bastiano, strappandogli il giuramento che non avrebbe recato danno ai parenti della Gavina. E se riuscivano ad ottenere la promessa, si poteva star tranquilli, poiché Bastiano era scrupoloso nel mantenere un giuramento: avrebbe cento volte perduto la vita, anziché mancare alla sua parola. In mezzo ai suoi vizi, il muto possedeva la virtù di qualunque sacrificio. Strano miscuglio di fierezza, di generosità e di ferocia!

Il muto – sollecitamente consultato – fu irremovibile nel suo proposito, e rispose ai parenti che l'insulto ricevuto era stato sanguinoso, e che il rinunziare alla vendetta era tal vigliaccheria che non entrava nel suo carattere e nelle sue abitudini.

Passarono alquanti giorni. L'ira del muto si era a poco a poco calmata, per dar luogo a riflessioni più ragionevoli.

Nelle sue lunghe solitudini, errante per la campagna, egli ripensò ai suoi casi: al suo primo incontro con Gavina, alle gentilezze della famiglia di Anton Stefano che lo aveva accolto nel suo seno come un figlio, senza badare ch'era un fuggiasco, un perseguitato, un assassino; pensò che nell'Avru aveva trovato asilo, pane, compassione; pensò alla bella fanciulla tanto cortese con lui, rifletté con mente serena all'accaduto, e si persuase che non era giusto pretendere da quella famiglia il sacrificio di Gavina; non trovava giusto che quella ingenua e cara figliuola si vincolasse ad una creatura imperfetta, ad un sordomuto condannato ad una vita errante, ad un colpevole inseguito dalla giustizia.

Finì per persuadersi che non era stato un galantuomo; che doveva riconoscenza a Gavina, alla sola fanciulla che dopo sua madre, lo aveva amato; si persuase che non doveva rispondere con ingratitudine ai benefici ricevuti, recando la guerra dov'egli aveva trovato la pace, recando la sventura dove aveva trovato il conforto.

Stanco di aver camminato tutta la giornata in preda a tante emozioni, Bastiano sedette, chiuse la testa fra le due mani, e si diede a piangere forte a singhiozzi, come un bambino.

Si sentiva troppo solo, troppo abbandonato, non aveva più casa dove recarsi per riposare, per ricevere una parola di conforto.

Cacciato dallo stazzo di Anton Stefano, non gli restava da invocare che la morte.

Da un anno era stato un onest'uomo, ed ora era sul punto di ridiventare un assassino.

E fu appunto in uno di questi momenti di ambascia e di conforto, in cui la creatura umana sentesi capace di slanci generosi, che il Vasa ed i parenti trovarono il muto, e lo esortarono alla pace, alla clemenza, ed all'oblio; fu in un di quei momenti che lo colsero e gli strapparono il giuramento di non mai recare offesa alla famiglia di Anton Stefano.

Bastiano giurò solennemente: ma non fu per riguardo a Giuseppe, suo rivale, né in grazia di Anton Stefano e della moglie, i quali lo avevano troppo offeso e quasi scacciato! egli giurò per il solo affetto di Gavina che amava tanto, e che avrebbe per sempre perduta, abbandonando lo stazzo.

E quando Bastiano Tansu giurava, sapeva mantenere con la vita il giuramento; e i parenti lo sapevano, e lo sapeva tutta la Gallura!

24. Cuor di madre

Quando la famiglia di Anton Stefano seppe dai Vasa del giuramento strappato al muto visse più tranquilla.

La madre di Gavina cominciò a vedere il frutto de' suoi raggiri, ma non era ancora soddisfatta. Il muto aveva tutto obliato, o almeno aveva finto di obliare; ma egli non aveva sospese le visite all'Avru, dove si presentava per passarvi al sicuro qualche notte, per chiedervi un tozzo di pane, o per lavorare volenteroso.

La presenza del muto nell'Avru non tornava gradita ad alcuno, poiché poneva inciampo alle intenzioni di Giuseppe, teneva in continua agitazione i due vecchi, e impediva alla Gavina di mostrarsi benevola col cugino. Essa lo aveva ben detto alla madre: «finché il muto mi vorrà bene, io non sarò mai d'altri, poiché non voglio che soffra!».

E per vero era incomprensibile il sentimento che avvicinava Gavina a Bastiano! Era pietà, riconoscenza, rimorso, o paura? Forse un po' di tutto. Da qualche tempo l'improvvisa comparsa del muto faceva in lei uno strano effetto. Dinanzi a lui rimaneva come paralizzata, subendo il fascino di quelle nere pupille che la fissavano, come la vipera fissa l'uccelletto per ammaliarlo.

Ma perché, poi? L'ignorava! Sapeva solo d'essere schiava di quell'uomo, e gli ubbidiva ciecamente come se lo riconoscesse per suo signore. Non aveva paura, ma gli voleva bene, la sdegnava la sua presenza, ma si sentiva inquieta quando lo sapeva lontano.

Gavina, ormai, non comprendeva se stessa. Giunse persino a credersi dominata dallo spirito infernale, e invocò il perdono di Dio, nel dubbio ch'ella fosse dannata. Pregò, stancò il Cielo, ma nessun santo le tolse dal cuore il misterioso sentimento che la turbava.

A Giuseppe avevano taciuto le minaccie di Bastiano e gli accordi presi co' parenti. Né Anton Stefano, né sua moglie, avevano creduto conveniente informarlo dell'accaduto.

Le circostanze erano gravi: il vecchio non era troppo alieno dall'accordare al muto la mano della sua figlia: la madre però, donna prudente, si era incaricata dell'assestamento delle cose e pensava a trar profitto della situazione.

Il muto, dal suo canto, non supponeva le cose inoltrate come lo erano; credeva anzi che Giuseppe ignorasse sempre le sue intenzioni a riguardo di Gavina.

Dal giorno che la vecchia gli aveva restituito i doni, il muto non si era mai trovato da solo a sola con la fanciulla; poiché la fanciulla aveva saputo trovar modo di sfuggirlo, come sfuggiva Giuseppe, di cui era seriamente innamorata.

Dacché Bastiano aveva fatto ritorno all'Avru, si era notato un cambiamento nelle sue abitudini.

Non scherzava più, né rideva come prima; sedeva in un canto del piazzale, e lavorava tranquillamente non preoccupandosi di nulla, neppure delle insidie che potevano venirgli tese come bandito.

Ma da questo lato aveva sempre una misteriosa sorvegliante: Gavina, la quale, quantunque in apparenza distratta, non dimenticava mai di volgere uno sguardo all'ingiro, per far la guardia al suo protetto.

Una sera, mentre le donne erano raccolte nello stazzo, la moglie di Anton Stefano aveva trovato modo di appicar discorso con Giuseppe, e lo aveva tratto seco, per la piccola viottola che conduceva all'ovile, poco distante.

Giuseppe quella sera era molto preoccupato; e la futura suocera ben sapeva il motivo della sua inquietudine.

«Cos'hai, Giuseppe?» le disse, fingendo un'aria distratta.

«Sono annoiato».

«Un po' di pazienza, figliuolo mio! Le cose si appianeranno».

«Temo che la Gavina non mi voglia bene!».

«Timori sciocchi! La Gavina non pensa che a te, e te ne darei le prove più convincenti, se delicatezza di madre non mi consigliasse di tacere».

«Quel muto che non vuol abbandonare lo stazzo m'indispone, m'irrita!».

«Che vuoi? È un povero bandito che tutti siamo in dovere di proteggere».

«Mancano forse altri stazzi in Gallura? Perché lo abbiamo sempre fra i piedi?».

«Pazienza, figliuolo! Bastiano finirà per andarsene».

«Pare però che ne dimostri poca voglia».

«Si stancherà di venirvi».

«E… se non si stancasse?».

«Allora si troverà il modo di farlo stancare».

La suocera pronunciò queste parole con un tono così secco, che Giuseppe si fermò di botto, e la fissò in volto.

«E qual modo?».

La suocera lanciò un'occhiata al nipote, e si strinse nelle spalle.

Giuseppe capì, o credette capire. Capiva che non bisognava render la suocera responsabile di certi avvenimenti.

Camminarono insieme per un buon tratto di strada ma senza discorrere.

Quel silenzio non faceva che far maturare nel cervello di Giuseppe l'idea che vi era stata gettata, come a caso, dalla futura suocera.

L'eco delle ultime parole della vecchia non si era perduto nello spazio: si ripercuoteva ancora nelle orecchie dell'amante.

Giuseppe era sopra pensiero. Grosse gocce di sudore grondavano dalla sua fronte: ed egli le asciugava col fazzoletto.

La vecchia finse di far cadere ad arte il discorso sopra ad altri argomenti, ma Giuseppe non sentiva; esso andava ruminando quella idea, quasi rivoltandola da tutte le parti, come per trovarvi il lato più comodo per realizzarla.

Dopo un lungo silenzio, la vecchia domandò a Giuseppe se nelle sue terre di Bortigiadas aveva seminato molto grano, e Giuseppe, che non sentiva nulla, gli rispose cupo, con altra domanda.

«Ditemi… il muto ha proprio giurato di non offendere la vostra famiglia?».

«Sì – rispose la vecchia; e siccome capì che il pensiero di Giuseppe non era uno scrupolo di coscienza, riprese – però, i parenti del muto non richiesero da noi un ugual giuramento».

«E come mai hanno potuto omettere una formalità così importante?».

«Ma!... chi lo sa?!».

Continuarono a passeggiare, fecero ritorno a casa ma non pronunciarono nessun'altra parola sul muto.

Avevano detto abbastanza, e forse Giuseppe credette capire più di quanto la vecchia aveva voluto dirgli. Il geloso cugino pensava per proprio conto, ma voleva creare un pretesto per mettere in pace gli scrupoli della coscienza.

25. Si rompe ogni indugio

Era l'ora di stanchezza e di melanconia, in cui si ristà dal lavoro; quell'ora che non è giorno, né notte troppo tardi per lavorare, troppo presto per andare a letto; l'ora in cui i grilli cantano con più sentimento e in cui le civette e i gufi della Gallura cominciano la monotona serenata degli sbuffi e dei fischi cadenzati; l'ora che invita le madri a preparar la cena, e le figlie a ricambiare una stretta di mano con l'innamorato.

Una quiete serena regnava per le campagne nell'Avru.

Anton Stefano e Giuseppe si erano allontanati per visitare alcuni terreni, verso l'Adu di Sarzughe. La mamma, con le serve, era in cucina, intenta a impastar la farina; le due figlie maggiori si pettinavano sul limitare dell'uscio e Gavina si era recata nel cortiletto, per spiccare dalle corde i pannilini che il sole con tutto comodo aveva rasciugato nelle sue dodici ore di viaggio.

Bastiano, seduto all'estremità del piazzale, era quasi solo.

Col fucile fra le ginocchia e col volto fra le mani, pareva riflessivo, annoiato. La vecchia per un po' di tempo lo aveva tenuto a bada; poi lo aveva piantato lì senza tanti riguardi, per accudire alle faccende domestiche. Voleva fargli capire che la sua presenza cominciava ad essere incresciosa, e che se veniva tollerato, lo era solo per cristiana misericordia.

Il muto non era così gonzo da non avvedersi della diversità di trattamento che riceveva in quella casa.

Capiva benissimo che nello stazzo era di troppo, ma si era rassegnato a subire qualunque umiliazione, pur di non rinunziare alla vista di Gavina. Giacché ogni altro conforto gli era negato.

La fanciulla dal suo canto, non faceva che contraccambiargli il saluto, senza trattenersi con lui, come per lo passato. Ella aveva disposto le cose in modo, che non le rimanesse un minuto di libertà. Era sempre affaccendata in occupazioni, create lì per lì per darle il pretesto di star lontana dal muto.

Bastiano fingeva non accorgersi di nulla; sorrideva mestamente al sorriso di Gavina, ma provava una stretta al cuore.

Stanco finalmente di rimaner solo nel piazzale, egli si alzò lentamente si accostò all'uscio dello stazzo vi cacciò dentro la testa, e mandò dalla gola un urlo. Quell'urlo era la *buona sera* ch'ei soleva dare alla famiglia, quando lasciava lo stazzo.

La vecchia con le maniche della camicia rimboccate era venuta in sulla soglia per restituire il saluto a Bastiano; ma era subito rientrata in casa, perché vi si faceva il pane, e non poteva abbandonare la pasta.

Il bandito prese a destra, verso Aggius; fece il giro dello stazzo, e passò dinanzi al cortiletto, dove Gavina ritirava i panni dalle corde.

La vide, e si fermò a contemplarla.

Gavina non aveva sentito le pedate del muto né poteva immaginare che in quella sera l'ospite lasciasse lo stazzo prima dell'ora.

Dopo aver alquanto riflettuto, Bastiano si diresse pian piano verso di lei, e le si fermò dinanzi.

L'inaspettata apparizione fece trasalire Gavina; ma non ebbe il tempo né credette conveniente allontanarsi da lui. Chinò gli occhi a terra, si lasciò cadere le braccia lungo il corpo, e stette immobile, come se aspettasse una condanna dall'uomo ch'ella aveva involontariamente lusingato co' sorrisi e le attenzioni.

Gavina teneva sempre la testa bassa; non guardava il muto, ma sentiva il fascino di quegli occhi lampeggianti che le metteva un brivido in tutta la persona. Il bandito non fece altro che allungare la mano verso di lei, e col pollice e l'indice le pizzicò dolcemente il lobo dell'orecchio, come per chiederle conto degli orecchini che vi mancavano.

La fanciulla comprese quanto il muto voleva dirle, levò gli occhi su lui, quasi per implorare pietà; e con le mani giunte, fissando il muto con uno di quegli sguardi che di consueto lo disarmavano, gli fece intendere che la perdonasse; che lei non ci aveva colpa che lo avrebbe amato sempre… ma come un fratello.

Ma Bastiano non faceva che guardarla negli occhi, dimenticando le promesse fatte e gli avvertimenti di Anton Stefano e della moglie.

La belva era domata. Bastiano si avvide ben tosto che aveva bisogno di allontanarsi da quella donna per gustare tutte le voluttà dell'odio. Dinanzi a lei non provava che amore, soltanto amore.

Fra le stranezze del suo sentimento, ve n'era una che non sapeva spiegare: egli non aveva mai nutrito odio né rancore per Gavina, cercava sempre in altri le cause della sua infelicità, non mai nella figlia di Anton Stefano.

Finalmente, temendo di venir sorpreso da qualcuno, o di commettere qualche imprudenza, il muto stese la mano a Gavina, come per darle e ricevere un saluto, un addio. La fanciulla, dopo aver esitato, si decise a mettere la sua bianca manina in quella ruvida di Bastiano, e allo stesso tempo portò il grembiale agli occhi, per asciugarsi le lacrime che cadevano copiose.

Allora il muto, con dolce violenza si recò alle labbra quella mano prigioniera, e v'impresse un bacio infuocato.

Ad un tratto però, Gavina levò la testa. La sua fisonomia si era d'improvviso trasfigurata: i suoi occhi scintillavano di gioia: le sue labbra tremanti si erano composte ad un ineffabile sorriso, mentre le sue orecchie tese parevano carezzate da una musica celeste.

Che cosa era avvenuto?

Bastiano ebbe un lampo di speranza!

Ma l'infelice si era ingannato! L'emozione di Gavina, che lo rendeva pazzo di gioia, avrebbe dovuto invece gettarlo nella disperazione.

La timida fanciulla aveva udito la voce di Giuseppe, il quale tornava dall'Adu di Sarzughe in compagnia del padre, e quella voce aveva la virtù di accenderle il sangue. Il suo Giuseppe canterellava una strofetta che suonava per lei rimprovero.

Bedda, palchì tanti peni
Senza mutiu mi dai?
Sarà forsi palchì m'hai
Siguru in li tò cateni?

Pallida, spaventata misurando la gravità della sua imprudenza, Gavina tentò svincolare la sua mano dalla mano del muto; ma il muto non volle lasciare la fanciulla senza dirle coi segni:

«Non devi amar nessuno! perché sarei capace di uccidere l'uomo che ti facesse sua!».

Gavina mandò un grido d'orrore, si svincolò da quella mano d'acciaio, e fuggì verso lo stazzo.

Bastiano era sordo, né aveva udito la canzone di Giuseppe. Accecato dalla passione, si era lusingato del turbamento di Gavina; credeva l'insensato, che l'amore si destasse nel cuore della fanciulla, mentre invece esso andava spegnendosi.

Col cuore pieno di speranze, riprese la viottola tortuosa che conduceva alla valle di San Gavino…

Il canto di Giuseppe si era bruscamente interrotto.

Tanto Anton Stefano, quanto il suo futuro genero, avevano veduto nella penombra la Gavina correre spaventata verso lo stazzo; e poco dopo il muto che se ne allontanava frettoloso, prendendo la viottola dell'orticello. Entrambi immaginarono la ragione di quella fuga, e ne provarono dispetto e gelosia. L'uno però non comunicò all'altro l'impressione ricevuta. Giuseppe, calmo in apparenza, disse al vecchio che era suo desiderio rientrare nell'Avru dalla parte del piazzale, non volendo incontrarsi col muto, e difatti prese la scorciatoia. Anton Stefano tirò dritto per la sua strada, volendo invece andare incontro al muto.

Gli tagliò infatti la strada, e gli si piantò dinanzi. Bastiano fu costretto a fermarsi.

«Donde vieni?» gli disse con un gesto e con piglio burbero Anton Stefano.

Il muto allungò la mano, e gli indicò lo stazzo.

«Non vuoi dunque capire che le tue visite sono importune?».

Il muto allungò il collo e aprì la palma delle mani per domandargliene la ragione.

«Perché mia figlia è fidanzata con Giuseppe, ed è tempo che tu smetta le molte corbellerie che hai per la testa!».

«E che faccio a tua figlia?» continuò Bastiano sempre co' suoi gesti abituali.

«Fai, che m'indisponi il fidanzato, mi spaventi la figliuola, e mi turbi la casa, dove non siamo più padroni di vivere come ci pare e piace!».

«E così… non devo più venire nello stazzo?».

«No» fece Anton Stefano, dondolando l'indice della mano destra.

«E se io venissi?».

Anton Stefano, infastidito, fece col piede il gesto di dargli un calcio.

«Hai capito, finalmente? Non ti voglio più trovare nello stazzo. È la seconda volta che ti ho avvertito; alla terza saprò come regolarmi!».

«Mi ucciderete forse?!».

«In casa mia non ti voglio né morto né vivo! Intendi?!».

E senz'altro dire, né aspettare risposta, Anton Stefano piantò il muto in mezzo alla viottola e s'incamminò verso lo stazzo.

Il muto si volse due volte per guardare il vecchio che si allontanava; indi si cacciò nel sentiero, come un disperato.

L'addio dato a Gavina, la vista del rivale, le minacce del vecchio, gli avevano fatto salire il sangue al cervello.

Continuò la strada con la testa china, camminando a sbalzi, con un tintinnio nelle orecchie, col fiele sulle labbra e coll'affanno nel cuore.

Giuseppe non era rientrato nello stazzo per la porta del piazzale, come aveva detto al suocero. Aveva fatto un lunghissimo giro, coll'intento di tagliar la strada al muto, verso la vallata.

Il cugino di Gavina era furente. Già da qualche mese egli si era contenuto, vinto dalle preghiere di Anton Stefano, ma ormai l'aspettare più a lungo gli pareva vigliaccheria.

Aveva sopportato abbastanza per amor della cugina i capricci del sordomuto; e sebbene fosse sicuro dell'affetto di lei pure non era tranquillo.

Nella condotta di Gavina vedeva una timidezza tale, che lo inquietava, e lo rendeva suo malgrado geloso di quel disgraziato, che credeva capace di qualunque tiro.

Egli ben lo ricordava: la suocera un giorno si era lasciata sfuggire una frase molto significante; se il muto non si stancherà di frequentare lo stazzo, si cercherà un mezzo per farlo stancare.

La vista di Gavina che fuggiva, e del muto che la seguiva a breve distanza, gli fecero perdere la ragione: era sulle furie, e voleva approfittare del momento propizio.

Era sicuro che Bastiano gli tendeva un'insidia, e pensò di prevenire il colpo.

Sedette fra due macchie di lentischio, poste sopra un poggio, dove la viottola faceva gomito.

Per di là doveva passare il sordo-muto ed egli lo aspettò.

Era trafelato per la corsa fatta, ma vi era arrivato in tempo…

Dieci minuti dopo si udì una detonazione.

Bastiano Tansu – che aveva oltrepassata di cinquanta passi la metà – sentì all'orecchio il fischio d'una palla. Agile come un capriolo, fece due salti avanti e si voltò. Si udì un altro sparo, e una seconda palla andò a colpire il calcio del suo fucile, e glielo ruppe.

Questa volta, però, Bastiano credette ravvisare il suo nemico che saltava una siepe, e gli mandò dietro una palla, che non lo colse.

L'ira che accecava i due rivali, e l'ora tarda, avevano mandato a vuoto i loro colpi.

Bastiano seguì con gli occhi l'uomo che si allontanava, guardò il calcio rotto del suo fucile e compose le labbra ad un riso infernale.

«Non ti ringrazio di avermi salvata la vita – pensò con rabbia – perché della vita son stanco. Ti ringrazio, perché poni in pace la mia coscienza». «Miserabili! – aggiunse, minacciando con la mano l'Avru – voi mi avete sciolto dal più insensato de' giuramenti!».

E continuò la strada incamminandosi verso gli stazzi della Trinità d'Agultu.

26. Vendetta

Era la notte del 5 al 6 luglio del 1857.

A passi lenti, chiuso ne' suoi pensieri, camminava per ore ed ore, senza sapere ove andasse.

Si aggirava inquieto intorno allo stazzo dell'Avru; ma finiva per ritornare ad uno speco, chiuso fra tre massi di granito, per poter fissare il pallido lume che vedeva sfavillare laggiù, in mezzo alle tenebre: stella funesta che annunziava una vendetta, punto luminoso che pareva additasse una vittima da colpire.

Dal giorno che Anton Stefano lo aveva coperto d'insulti; dal giorno che Giuseppe gli aveva spezzato il calcio del fucile, facendogli fuoco addosso, Bastiano non aveva più voluto metter piede in alcuno stazzo: né in quello dell'Avru, né in altri.

«Ormai son solo!» ei pensava. «Non ho più sposa, non ho più amici, non ho più parenti. La sposa si è tolta dalle orecchie i miei orecchini per dirmi che tutto era finito; l'amico mi ha scacciato dalla sua casa come un cane; i parenti han fatto lega co' miei nemici per perdermi. Han tutti congiurato la mia morte, dunque son solo!».

E da quel giorno il muto aveva giurato odio alla sposa, agli amici, e più di tutti ai parenti; ai parenti che gli avevano strappato il giuramento di non recare offesa alla famiglia di Anton Stefano, senza reclamare ugual giuramento dalla parte avversa.

L'omissione di questa formalità poteva nascondere un perfido disegno, e riuscirgli fatale.

Era mai presumibile che i parenti avessero dimenticata una promessa che garantiva la sua vita? O piuttosto, nell'ometterla, non avevano essi cercato il mezzo più facile di disfarsi di lui, perché stanchi di sopportarlo? Eppure erano stati loro la causa prima d'ogni sua sventura! Cieco strumento dei Vasa nell'odio che nutrivano per i Mamia, per essi si era macchiato di sangue umano.

Ecco la ricompensa che gli davano.

Rabbia, dispetto, vendetta: erano questi i sentimenti che si combattevano nell'anima del muto nella notte che precedette l'alba del 6 luglio!

Chi aveva potuto armare il braccio del suo rivale? Anton Stefano e sua moglie! – così ragionava Bastiano – essi soli avevano congiurato la sua morte. Mancava loro un braccio punitore, e lo avevano trovato in Giuseppe, a cui si concedeva la mano di Gavina in premio d'un assassinio.

«E i miei parenti plaudirono alla trama infernale! Dopo aver approfittato della mia generosità, mi gettano ora in un canto, come uno strumento inservibile. E mi sta bene!».

E Gavina?

Al pensiero della figlia di Anton Stefano le smanie del muto parevano calmarsi; egli dimenticava gli odi, le vendette e i rancori, per non pensare che a lei. Richiamava alla mente il giorno felice in cui Gavina gli sedeva al fianco sotto l'ombra del cespuglio spinoso; e al ricordo di quel braccio nudo, sul quale aveva impresso un bacio ardente, sentiva il sangue affluirgli al cuore.

Ad un tratto i suoi pensieri presero un altro indirizzo. Gli pareva di veder Giuseppe, più fortunato di lui, stringersi al petto la bella cugina per baciarla in bocca. Allora digrignava i denti; levava al cielo i due pugni minacciosi, e si dava a correre come un disperato, volendo quasi fuggire quella visione infernale, che lo perseguitava dovunque. Il suo odio, come i suoi pensieri, si scatenavano allora contro i due vecchi, che riteneva unica causa della sua infelicità.

«Se Anton Stefano avesse voluto, Gavina sarebbe stata mia! Fu lui che si lasciò dominare dalla moglie: da colei che mi ha preso a gabbo: che mi ha restituito i doni, e che ha concesso la propria figlia al primo venuto, a patto che mi uccidesse! Su lei sola, dunque, dovrebbe ricadere tutta la mia collera; ma io non sarò così vile da macchiarmi del sangue di una femminuccia. Voglio colpirla, sì, nel cuore, ma in modo ch'essa viva per poter conoscere la mano che l'ha colpita. Le nozze di Gavina hanno da essere lugubri: il giorno dell'abbraccio non dev'essere per alcuno un giorno di gioia, dev'essere per tutti un giorno di lutto!».

E così pensando gettava uno sguardo terribile sullo stazzo; perocché in mezzo alle tenebre che regnavano nella sua mente, egli non vedeva che quel lume lontano che altri forse avrebbe scambiato con gli astri del firmamento, non però lui che ben sapeva discernere le stelle del cielo dai fuochi della terra!

Erano stati per lui due giorni di agonia, quelli che precedettero quell'alba funesta!

Bastiano vedeva tutto fosco; il cielo gli si presentava sotto un diverso aspetto; la terra aveva per lui nuovi linguaggi: la natura, invece di dargli calma, pareva volesse suggerirgli pensieri sinistri.

Il giorno prima aveva errato nella foresta dell'Inferno, e forse l'inferno aveva soffiato nella sua anima.

Tutto gli parlava di morte.

Strane paure, di cui non sapeva darsi ragione, gli si addensavano in cuore. Gli pareva che ogni cespuglio, ogni crepaccio nascondessero una creatura umana; che la stessa solitudine fosse popolata di lugubri fantasmi.

Tutto, a lui d'intorno, aveva vita, tutto aveva una parola.

Quando attraversava qualche gola i grossi macigni gli apparivano come giganti minacciosi che aspettassero un soffio di vento per piombargli addosso, quando poneva il piede sulle pianticelle vermiglie che crescono a grappoletti sul muschio o sui licheni del granito, gli pareva di calpestare sangue aggrumato[9]; quando s'internava nelle foreste dei sugheri, trasaliva dinanzi ai tronchi rossi degli alberi a cui era stata tolta la corteccia. Avrebbe giurato che quelle querce insanguinate storcessero le braccia per dolersi delle loro piaghe, oppure che gridassero vendetta contro gli uomini che le avevano assassinate.

E pensava raccapricciando:

«Dovunque passa, il Gallurese lascia traccia di sangue, anche sui graniti e sulle piante!».

---

[9] Questa pianta color sangue è conosciuta in Gallura sotto il nome di ua di maccioni, uva di volpe.

Il lumicino si era spento, e lo stazzo dell'Avru era immerso nelle tenebre. Tutta la famiglia di Anton Stefano riposava, ma il muto vegliava per loro.

Accovacciato nello speco, ed in preda ad un tremito nervoso, Bastiano passò la notte a guardare le stelle, finché le vide sparire ad una ad una.

I primi bagliori del giorno nascente cominciarono a tingere le creste dei monti d'un color scialbo.

Bastiano era stanco, pallido, intirizzito, ma non staccava gli occhi dalle casette dell'Avru, che cominciavano a rischiararsi a poco a poco.

A un tratto la porta dello stazzo si chiuse, e un uomo comparve sulla soglia.

Era il pastore Anton Stefano che aveva lasciato le coltri per esplorare il tempo. Era l'ora in cui le sue cure lo chiamavano alla campagna e il muto lo sapeva, perché pratico delle abitudini di quella famiglia.

Al disotto dello speco che serviva di vedetta a Bastiano era un sentiero che conduceva ad un chiuso. Per di là doveva passare il povero vecchio.

Un'ora dopo il sole gettava i suoi sprazzi luminosi sulla campagna, che pareva destarsi alla vita.

Anton Stefano accese la pipa, montò sulla sua cavalla, s'incamminò, passo passo, per la viottola che rasentava la collina.

Il muto fremette. La vista di quell'uomo produsse in lui un effetto singolare. Mentre da un canto sentì riaccendersi nell'anima l'ira e la vendetta, dall'altra gli tornarono in mente l'affetto e la generosità di quel vecchio pastore, che un dì lo aveva raccolto, protetto, alimentato...

Un velo di sangue offuscò la sua ragione, e sentì mancarsi. Aveva un tremito alle mani, ed un cupo ronzio alle orecchie.

Aveva sempre colpito le sue vittime con freddo coraggio... e questa volta si sentiva pusillanime.

Chiuse gli occhi spaventato di se stesso, sperando quasi che il pastore potesse salvarsi oltrepassando la mèta. Li riaprì lentamente dopo alcuni minuti... e guardò.

Anton Stefano trovavasi sotto di lui, a tiro del suo fucile.

Bastiano era pallido, tremante.

Gli parve che uno spirito infernale fosse entrato nel suo corpo, e che operasse nel suo spirito indipendentemente dalla volontà.

Egli guardava a sé dinanzi, come inebetito, non opponendo alcuna resistenza alla forza misteriosa che ridestava i suoi istinti di belva.

Il fucile passò dalle sue ginocchia alle sue mani; ne montò il grilletto, lo spianò, puntò... e chiuse nuovamente gli occhi, quasi sperando che il colpo andasse a vuoto.

Si udì una detonazione.

Anton Stefano ebbe appena il tempo di girare la testa per sapere dond'era partito il colpo. Vide il suo feritore lassù, in piedi fra due cespugli, con gli occhi e la bocca spalancati.

Mandò un grido acuto, portando la mano destra al petto... Barcollò, si contorse, tentò afferrarsi alla criniera della cavalla, ma cadde a terra gridando aiuto per due volte.

Il muto, svelto come un capriolo, era sparito fra i macigni ed i lentischi.

Allo sparo dell'arma ed alle grida del ferito, le donne, Giuseppe ed i servi, uscirono dallo stazzo. Essi presentirono l'accaduto quando videro la cavalla di Anton Stefano che tornava sola dall'Avru. La povera bestia era tornata indietro, quasi ad annunziare alla famiglia la disgrazia toccata al suo padrone.

In un baleno si recarono tutti presso al caduto, che si contorceva, tentando invano di puntellare una mano a terra per rizzarsi.

Furono pianti, urli, grida che straziavano l'anima.

Il vecchio fu sollevato alquanto. Aveva il viso color della cera, l'occhio vitreo, le labbra insanguinate. Volse intorno gli occhi, stranamente spalancati, cercando quasi di darsi ragione dell'accaduto.

«Chi ti ha colpito? Parla! parla!» gli chiedevano con ansiosa premura i servi.

«Il muto, non è vero?» esclamarono insieme Giuseppe ed i pastori, già resi feroci dal pensiero della vendetta. E avvicinarono con avidità le loro orecchie alla bocca del morente per raccogliere coll'ultimo respiro il nome dell'uccisore.

Il vecchio volse in giro gli occhi vitrei, e li fissò a lungo sul volto della moglie. Finalmente con un supremo sforzo pronunciò queste parole:

«Date uno scudo a San Gavino... Mi ha ucciso il muto... Dovevamo prevederlo!».

Non disse altro.

La scena che accadde in seguito è più facile immaginarla che descriverla. Le figlie, la moglie, le serve urlavano disperatamente strappandosi i capelli e assistettero raccapricciando ad un'agonia straziante che durò due ore.

Uno dei più rispettabili pastori della Gallura, caro a tutti per bontà di cuore, per nobiltà di carattere e per onestà di costumi, era stato tolto dal mondo. Lo stesso Pietro Vasa, quando apprese l'accaduto, esclamò con risentimento:

«Per compensare la morte di Anton Stefano non basterebbe l'uccisione di diciotto uomini!».

Parte quarta – Finale

27. Sulla china del monte

Erano trascorsi dieci mesi.

La campagna, palpitante sotto le prime carezze della primavera, si era tutta ricoperta di fiori, quasi sposa feconda che sorrida all'amante.

Era l'ora dello sconforto, del silenzio, della solitudine. La natura, stanca, parea cercasse il riposo.

I monti prendevano colori foschi, fantastici; il mare lontano, sbiadito, pareva confondersi col cielo, nell'ampia distesa che divide l'Isola Rossa da Castelsardo.

Il sole era da poco calato dietro all'isolotto dell'Asinara, e lunghe nuvole infuocate listavano ad occidente l'orizzonte.

Quella luce sanguigna tingeva in rosso tutte le vette dei monti, e fusa coll'azzurro purissimo del cielo produceva quella nebbia violacea e vaporosa che dà al crepuscolo della sera un'intonazione calda, melanconica.

La solitudine era profonda. Non si vedeva alcuna foglia muoversi poiché nessun vento spirava. Solamente il timo e le altre erbe aromatiche, recavano in giro i loro profumi, destati dalle ombre che calavano lente. Le selve degli elci sembravano grandi macchie nere, compatte; i graniti mandavano l'ultimo scintillio sotto i raggi infuocati, che andavano impallidendo. Le nuvole sottili che listavano l'orizzonte, da rosse si erano fatte violacee, da violacee turchine. E la natura diventava sempre più triste, più fosca, più misteriosa.

Le forme dei monti, dei graniti, e dei folti lentischi apparivano sotto profili incerti, indefiniti; e i colori si confondevano insieme, perdendosi in sfumature leggere, o cariche.

La canzone di qualche pastore gallurese, il quale guidava le mandrie all'ovile, si era perduta in lontananza, insieme al tintinnio monotono delle campanelle.

Un uomo, tutto solo in quel deserto silenzioso, attraversava lo spazio che separa le colline di Petra Màina dal monte di Cucurenza.

Camminava lento lento, con passo incerto, col passo stanco del proscritto che si dà in braccio ad un cieco destino, senza lotta e senza tema d'insidie.

La notte lentamente calava, ed egli camminava sempre, col proposito di fermarsi dove avrebbe trovato un giaciglio che lo riparasse dall'umido della sera. Non aveva casa, non aveva famiglia, motivo per cui nessuno poteva aspettarlo.

La campana della parrocchia d'Aggius suonava l'Ave Maria, e quei rintocchi lontani, portati dalla brezza serale su quelle alture, si perdevano in un fievole lamento.

Quell'uomo, forse, avrebbe pregato all'annunzio dell'Ave Maria, ma egli era sordo, e non udiva la campana; era muto e non sapeva pregare.

Bastiano – poiché era lui – levava di tanto in tanto gli occhi, quasi misurando la distanza che lo separava dal monte di Cucurenza, a cui pareva diretto.

Il monte aveva preso una tinta nera, e la sua vetta spiccava nettamente nel limpido cielo infuocato che le serviva di sfondo.

Tratto tratto, il muto si voltava per gettare un'occhiata al colle di Petra Màina o alla catena dei monti d'Aggius, di cui vedeva appena le punte di tramontana.

Una forza misteriosa pareva spingerlo verso la vetta del monte, sul quale saliva; ma un pio desiderio, un ricordo lontano, un sentimento doloroso gli faceva volgere la testa per salutare quelle due montagne da cui si allontanava la Crocetta e Petra Màina. Tutta la sua vita si era svolta là, fra quelle due punte che gli parlavano d'Aggius e dell'Avru, della patria e dell'amore, della madre e dell'amante, le sole donne che lo avevano amato sulla terra.

Bastiano pareva chiedere ai monti d'Aggius la benedizione di sua madre, e ai monti dell'Avru il perdono della sua Gavina.

Sogni! sogni! La madre in quell'ora riposava nel silenzio del sepolcro, e la Gavina forse posava il capo sul petto del suo Giuseppe!

Ormai lo sapeva: Gavina non poteva esser più sua. Egli stesso aveva spezzato l'ultimo filo di speranza. Fra lui e la cara fanciulla sorgeva minacciosa l'ombra d'un vecchio canuto che gli rinfacciava l'ospitalità tradita. E Gavina non poteva più stendere la mano ad un assassino, a colui che le aveva ucciso il padre!

Bastiano era già arrivato alla metà del monte.

Saliva lentamente, svogliato, senza fretta, come se poco gli premesse arrivarci presto o tardi.

Poteva andare incontro a un agguato, o poteva anche sfuggirlo: poco gli premeva. Non aveva premura, tutto il tempo era suo, e nessuno poteva chiedergliene conto.

Quell'essere umano come un punto nero, si era confuso nelle ombre vaporose del monte.

Saliva, saliva sempre, volgendosi ad ogni istante per salutare le punte di Petra Màina, che spiccavano ancora in tinte rosee su un cielo nero. Quelle di Aggius non le vedeva più perché si erano nascoste dietro il Monte Spina.

Prima dell'amore, era sparita dai suoi occhi la patria!

Strano contrasto!

A ponente un cielo limpido, sereno; a levante le nuvole si addensavano minacciando un uragano.

Il muto giunse finalmente al culmine di Cucurenza.

Uscito appena dal seno tenebroso del monte, il suo cappuccio acuminato si disegnò sul fondo rosso del cielo.

Dalle falde del cappotto usciva la canna del suo fucile, ch'egli portava sotto il braccio.

Veduta da lontano, quella figura pareva il mezzo busto di un nero cappuccino, disegnato nel fondo trasparente di un cielo luminoso.

Quando raggiunse il culmine, stette alcuni minuti immobile, colla testa rivolta verso le punte d'Aggius e dell'Avru, ch'egli salutava per l'ultima volta; poi parve sprofondarsi a poco a poco, finché non si vide che il solo cappuccio acuminato.

Poco dopo anch'esso si abbassò… e scomparve.

La bruna vetta del monte tornò a distinguersi nettamente sul limpido sfondo del cielo.

Dov'era andato Bastiano?

Era forse disceso nell'altro versante del monte, oppure si era fermato sulla spianata dove sorge la chiesetta di San Giuseppe?

Era forse un'ambascia senza nome che lo spingeva lassù, a chiedere il perdono dei suoi peccati? Oppure aveva proseguito il suo cammino fino a Paduledda, o a quella Cala Falsa, dove nel 1671 furono tratti in inganno il marchese di Cea e i suoi compagni, dal traditore Don Giacomo Alivesi?

Le nuvole salivano sempre, e l'azzurro del cielo spariva a grado a grado sotto le loro spire.

La notte aveva tutto cancellato, tutto avvolto nelle sue ombre: l'uomo ed il monte!

Il Terribile, il feroce bandito che dovunque aveva seminato lo scompiglio e il terrore era finalmente scomparso al di là di Cucurenza.

Gli abitanti tutti della Gallura, con grido unanime, avevan sempre imprecato al mostro, al dannato, al maledetto.

Ma chi mai era penetrato nel buio sepolcrale di quella coscienza che non s'era rivelata che a Dio?

Chi mai aveva saputo leggere in quell'anima tribolata, per incidere una condanna infamante sul libro della storia?

Gli uomini non certo.

Il loro *Codice*, forse?

No: il muto era fuori dalla legge, com'era fuori dal mondo; perché le leggi sono fatte per gli uomini, e Bastiano non era un uomo!

Colui che giudica questi disgraziati alla stregua della propria educazione, forte dei sani principi appresi dall'esempio della famiglia e dell'insegnamento della scuola, non può farsi un giusto concetto del loro valore, e ben di rado sa trovar una parola di compatimento pietoso, in favore di una creatura che, per avversità di fortuna o di destino, ha sempre vissuto nelle tenebre di una feroce ignoranza.

La società ha creato il maestro ed il giudice: il primo perché insegni le buone regole del vivere civile; il secondo perché applichi gli articoli del codice ai trasgressori delle leggi sociali.

Ma il muto, a cui il giudice applicava le pene, aveva egli fruito, o poteva fruire degli insegnamenti del maestro?

A qual coscienza doveva attingere Bastiano i sentimenti nobili, egli nato sordo e muto, cresciuto nella miseria e nell'ozio, gettato in mezzo ai boschi, e condannato a vivere ramingo con l'odio nel cuore e l'urlo della fiera sulle labbra?

Qual concetto poteva egli formarsi dei diritti e dei doveri sociali?

I diritti ed i doveri li aveva ben esercitati con lui la giustizia umana, quando per punirlo lo aveva perseguitato di balza in balza, di monte in monte.

Ma, non so se il miglior vanto della legge consista proprio, come si crede, nella superba scritta incisa sopra il banco dei giudici! Se è vero che la legge

è uguale per tutti, è vero altresì che non tutti sono uguali davanti alla legge; e la ragione potrebbe esser questa; che il Codice è uno e gli uomini sono molti!

D'altra parte bisogna pur convenire, che il Codice penale è clemente coi sordo-muti, e infatti coll'art. 92 li assimila ai giovani maggiori di 14 e minori di 18 anni, e commuta generalmente la pena di morte in quella della reclusione per anni quindici! E vi ha di più: risparmia loro la proibizione dell'uso della parola, che forma il principale supplizio dei reclusi!

Bastiano era come il granito dei suoi monti. Al silenzio che lo circondava non aveva risposto che col silenzio. Nessuno più lo comprendeva, ed egli non se ne dolse. Dopoché si era dileguata la speranza dell'amore, non sentì più il bisogno d'essere compreso.

Nel suo cuore senza speranze, come quella notte senza stelle, era sceso un silenzio sepolcrale.

Bastiano ubbidiva ciecamente al destino.

Ed era scomparso nell'ombra al di là del monte nero.

Appena scomparso il muto tre uomini uscirono da uno dei crepacci di granito che sono alle falde di Cucurenza. Erano tutti armati di fucile, e col cappuccio tirato sugli occhi.

Ciascuno di essi, il giorno prima, era partito da un punto diverso: da Bortigiadas, da Aggius e dalla Trinità di Agultu.

Si erano trovati insieme la mattina seguente: verso sera avevano attraversato le vallate di Conchedda e di Chiligheddu, tra Montiju di li Culzi, e il rio Pirastro, e la vista di Bastiano li aveva colpiti in un modo singolare, tanto che, istintivamente sentirono il bisogno di celarsi, per non essere veduti.

Si sarebbe detto che l'improvvisa comparsa del muto, rispondesse a completare un piano da lungo tempo meditato.

Fra quei tre uomini furono scambiate a voce bassa le seguenti parole, che io riporto fedelmente, lasciando al lettore la cura di decifrarne il misterioso significato, a me ignoto:

«Pare proprio il destino» disse l'uno.

«Oppure il diavolo» soggiunse l'altro.

«Dunque?» esclamò il terzo con l'impazienza di chi vuol troncare ogni chiacchiera per venire ad una conclusione.

«Dunque è intesa».

«A quando?».

«A domani, se non avrò intoppi».

«Dove?».

«Non lo so. Forse alla Trinità, forse allo Stagnone, forse a Littu di Zòccaru!».

«Come?».

«Ciò mi riguarda».

«È giusto. Dove hai attinto le informazioni necessarie?».

«A Tempio».

«Perché non ad Aggius?».

«Perché in Aggius le nevi si sciolgono molto prima che a Tempio».

«E vuol dire?».

«Che ad Aggius fa più caldo di Tempio».

«Ho capito. Io pertanto ritornerò in paese».

«Ad Aggius?».

«Sì. Ditemi però: nel caso… chi di voi mi avviserà?».

«Io no, perché sono incaricato di recarmi sotto Castel Doria per riferire sul mio operato».

«Allora sarò io» disse il secondo. «Domani dovrò trovarmi sul monte della Crocetta, dove ho un appuntamento con un aggese».

«Ti aspetterò in paese».

«Dimenticate ch'io sono un fuoruscito?».

«Come farai dunque?».

«Aggius è alle falde della Crocetta».

«Ebbene?».

Quest'uomo allora abbassando la voce, come se temesse che i graniti di Cucurenza gli facessero la spia, spiegò il suo disegno.

«Ben trovata!».

«Siamo dunque d'accordo».

«Una pietra nel pozzo».

E i tre uomini si separarono. Due di essi fecero il giro del monte da parti opposte; il terzo tornò indietro, e a passi frettolosi prese la direzione d'Aggius.

28. Il Gran Tamburo

All'indomani l'alba fu più tarda ad affacciarsi ai colli di Calangianus. Neri nuvoloni correvano il cielo, sospinti da un vento furioso di tramontana.

Era uno degli ultimi giorni di marzo. Le punte del Giugantino, ricoperte di neve, spiccavano nettamente nel cielo nerissimo, il quale somigliava ad un manto funereo steso sulla Gallura.

Lontan lontano udivasi un urlo cupo, prolungato, lamentoso.

Pareva l'urlo d'una lupa che chiamasse al covo i lupicini, per metterli al sicuro dalla tempesta imminente, annunziata da un improvviso acquazzone.

Le aguzze creste dei monti d'Aggius, che prima parevano sfidare l'ira degli elementi, erano ad un tratto scomparse sotto una nuvola nera. Avresti detto che sulle punte maledette si covasse un delitto che si voleva nascondere all'occhio degli uomini. Il diavolo si compiace di lavorare nel mistero degli uragani.

Il sole, durante la giornata, non era riuscito a fare uno strappo al denso velo che ricopriva la volta celeste, ma l'orizzonte, a ponente, era solcato da spessissimi lampi.

Gli uomini della campagna assicuravano che la sera sarebbe stata uguale al mattino, e la notte assai più tempestosa della sera.

Ond'è che ognuno aveva curato di mettere in salvo i propri armenti, ritirandoli negli ovili.

Gli aggesi erano rientrati nelle loro case, e si erano rinchiusi per mettersi al sicuro dalla collera di Dio, e da quella degli uomini, più temibile ancora. I bambini si erano rintanati in fondo alle stanze; le vecchie mormoravano una preghiera per gli assenti, invocando tutti i santi del paradiso ad ogni lampo che faceva capolino dalle fessure delle porte e delle finestre.

Attorno a pochi tizzi che fumavano crepitanti sul focolare d'una casetta, posta all'estremità superiore del villaggio, stavano raccolte parecchie persone, componenti una famiglia.

La padrona di casa, piuttosto giovine e alquanto malaticcia, era già a letto, insieme coi suoi due bambini; la vecchia nonna, settantenne, si riscaldava dinanzi al fuoco; ed il capo della famiglia, un uomo sui trent'anni, dalla barba nera e dai capelli lunghi, era in piedi vicino a un cassettone antico, intento a ripulire le canne del suo fucile; perché la ruggine non le danneggiasse. I buoni aggesi non potevano dimenticare il loro fucile: era l'arma favorita, e sapevano che bisognava accarezzarla ogni tanto, per rendersela amica. Erano tali gli odi d'allora, che quasi si diffidava del proprio fucile!

Il tuono brontolava lontano; e la vecchia, ch'era seduta in un canto, co' piedi sopra le cenere e col corpo chino sulla brace, non faceva che recar la scarna mano alla fronte, per farvi replicatamente il segno della croce, invocando ad ogni istante santa Barbara.

In quella famiglia notavasi come un'inquietezza paurosa. Non si osava parlare per timore di provocare il temporale.

Il capo della famiglia cercava infondere coraggio agli altri; egli si provava a sgridare le donne ed i bambini: ma in fondo era più impressionato di tutti. I suoi movimenti nervosi tradivano l'interna inquietudine, da cui pareva dominato.

I tuoni si facevano sempre più forti, e brontolavano sempre, come impazienti, ringhiosi. Il temporale si avvicinava. I lampi fendevano di tanto in tanto le nubi che si addensavano sul villaggio, e mettevano in mostra le punte aguzze della Crocetta, del Fraìle e di Tommeusoza, le quali apparivano improvvisamente sul nero fondo del cielo, tinti del colore del sangue.

E la vecchia fremeva, rosariando, accoccolata sulla cenere. Si faceva piccina piccina, quasi sperando di sottrarsi all'ira celeste, col raggomitolarsi.

L'uomo dalla barba nera e dai capelli lunghi continuava a sfregare le canne del suo fucile con uno straccio intinto d'olio, e chiudeva gli occhi quando i lampi listavano di fuoco le fessure della porta e delle due finestre. La moglie con voce tremante rassicurava i bambini, i quali avevano cacciato la testa sotto alle coltri ed ai guanciali.

Il vento che ululava al di fuori pareva il gemito di un sofferente che chiedesse ospitalità per la notte.

La fiammella della lucerna ad olio serpeggiava, mossa dall'aria che penetrava dalle fessure delle imposte; e tutti la fissavano, temendo che si spegnesse.

All'urlo del vento si frammischiava quello del tuono, che muggiva con maggior insistenza.

«Santa Barbara!» ripeteva la vecchia, scuotendo le pallottoline del suo rosario.

«Volete finirla, nonna?» aveva esclamato l'uomo dalla barba nera, impazientito. «I vostri guaiti non fanno che maggiormente spaventare mia moglie e i bambini. Lasciate che gli elementi urlino. Avete forse paura del tuono?».

«Del tuono?» ripeté la vecchia; e lasciò uscire dalle labbra un gemito lungo. Voleva ancora parlare, ma le tremavano le mascelle come a persona colta dai brividi della terzana. Ella piantò i suoi occhi negli occhi dell'uomo barbuto, continuò a fissarlo senza aprir bocca.

«Ebbene?... e che volete dirmi, adesso? Avete forse sonno».

La vecchia, senza rispondere alla domanda del genero, mormorò tutta tremante con un filo di voce:

«Non è il tuono!».

«Sarà il vento».

«Non è il vento!».

«Allora sarà il cane che ulula».

«Non è il cane, non è il vento, non è il tuono!».

Alla strana esclamazione la moglie ed il marito fissarono la vecchia con curiosa sorpresa; e quest'ultimo, ristando dal lavoro, esclamò impazientito.

«E che cosa è dunque?».

«Tendete l'orecchio e ascoltate» ripeté la vecchia raggomitolandosi, e tirandosi i due lembi della gonnella sul petto, come per nascondervisi.

Tutti tesero l'orecchio, e stettero attenti.

L'urlo prolungato, lamentoso, si fece udire più distinto.

«È il vento che soffia fra le punte di Tumeosoza e del Fraìle» disse l'uomo alzando le spalle e rimettendosi al lavoro.

«V'ingannate tutti! – esclamò allora la vecchia, con forza e a bassa voce – è il Gran tamburo!!».

«Il Gran tamburo?!» ripeté l'uomo vivamente, non potendo celare un movimento di soddisfazione. «Ne siete proprio sicura?».

«Sì: è l'avviso misterioso che parte dai graniti maledetti. Non è il vento che fischia sul monte Crocetta, è lo spirito delle tenebre che vorrebbe abbattere lassù la croce di ferro!».

Tutti tacquero. Benché sapessero che la vecchia era molto superstiziosa, pure le sue parole, in quell'ora, con quella tempesta, produssero su loro uno strano effetto.

«Pregate – proseguì la vecchia – pregate, perché l'ira celeste pesa sul nostro villaggio; pregate per l'anima di un disgraziato colpito da morte violenta. Noi siamo piccoli, ma la misericordia di Dio è grande; i giusti sono pochi, ma i nostri peccati sono molti!».

L'uomo dalla barba nera si strinse nelle spalle, ma sentivasi in preda ad un'inquietudine che non riusciva a dominare. Camminava da un capo all'altro della stanza, e gettava frequenti occhiate alla porta come se aspettasse o temesse qualcuno.

I tuoni si facevano sempre più spessi, la vecchia pregava a voce alta.

«Pare che il temporale stia per scoppiare».

La vecchia prese la parola, interrompendo un'Ave Maria:

«Il temporale è scoppiato. Non sentite le misteriose parole che volano per l'aria? Ascoltate o peccatori».

Si fece nuovamente silenzio.

Non si udiva nulla, al di fuori di quel brontolio cupo lontano, continuato.

«Ebbene? È il tuono!» disse la donna ch'era a letto.

«Non è tuono» continuò solennemente la vecchia. «Sono le parole del diavolo: Aggius meu, Aggius meu, e candu sarà la dì chi ti zz'aggiu a pultà in buleu?».

Nessuno rispose alla vecchia, la quale riprese la recita dell'Ave Maria, dal punto ove l'aveva interrotta.

Dopo un breve silenzio, la moglie dell'uomo barbuto esclamò, quasi parlando a se stessa: «Dove sarà Francesco? Voglia Iddio che il temporale non l'abbia colto in cammino!».

«Via le paure! – rispose l'uomo dalla barba nera – Francesco non è più un bambino; egli si sarà fermato allo stazzo. A tredici anni si ha abbastanza giudizio per non mettersi in viaggio con simile tempo!».

Mezz'ora dopo, il temporale irrompeva. L'acqua cadeva a scrosci sul tetto della casa; e il forte scoppio d'un tuono atterrì le due donne e i bambini i quali mandarono acute grida.

Allo stesso tempo fu picchiato replicatamente alla porta.

L'uomo dalla barba nera, impallidì.

«Non aprire, non aprire!» gridò la moglie spaventata, ponendosi a sedere sul letto, e stendendo le braccia verso il marito.

«Misericordia di noi!» urlò la vecchia.

Si tornò a picchiare con più forza e con più insistenza.

«Aprite! aprite!» gridò una voce al di fuori.

«È Francesco!» esclamarono tutti in coro; e l'uomo andò a togliere la spranga, dall'uscio, e fece entrare Francesco, e rinchiuse prestamente la porta.

Un giovinetto sui tredici anni entrò nella stanza tutto smarrito, bagnato dalla pioggia e dal sudore. Egli ansava, poiché era venuto di corsa.

«Perché metterti in viaggio con questo tempo?».

Il fanciullo aveva il respiro affannoso, e non poté subito rispondere al fratello maggiore.

«Ebbene?».

«Il temporale mi colse in cammino, a un'ora e mezza da Aggius» rispose Francesco dopo alcuni minuti.

«E perché non affrettare il passo per rifugiarti nello stazzo?».

Il fanciullo non rispondeva.

«Tu mi sembri agitato. Che hai?».

«Ho veduto… il diavolo!».

«Il diavolo!?» esclamarono in coro le donne e l'uomo dalla barba nera; e la vecchia cacciò un urlo, celando la faccia tra le mani.

«Chi ti ha messo in testa simili corbellerie?»gli domandò il fratello.

«No, vi dico, era proprio lui, il diavolo in carne ed ossa!».

«Raccontaci un po'…».

«Taci, taci!» gridò la vecchia.

«Finitela, nonna! pare che questa sia la notte del diavolo!».

E il fanciullo, tutto tremante, raccontò l'accaduto nel modo seguente:

«Io m'incamminavo verso lo stazzo di Bonaìta quando, oltrepassato appena il rio Turrali, sentii delle pedate dietro di me; mi volsi, e vidi un uomo lungo lungo, col cappuccio sul viso e col fucile sotto il braccio. Mi parve che egli venisse dalle falde del monte della Crocetta. Allora affrettai il passo per sfuggirlo, ma egli raddoppiò il suo, come se volesse raggiungermi. Spaventato della solitudine in cui mi trovavo, mi diedi a correre; ma quell'uomo mi gridò per due volte: "Fermati!"

Mi sentii tremare le ginocchia; la paura mi aveva inchiodato lì, né potei muovermi. L'uomo non tardò a raggiungermi. Io abbassai gli occhi, né osai guardarlo in faccia.

"Dove vai?" mi domandò.

"Vado allo stazzo" risposi.

"Sei aggese?".

"Sì".

"Ebbene; torna in Aggius. Dirai al paese che il diavolo ha portato via il corpo e l'anima di uno scellerato".

Ciò detto quell'uomo scomparve».

«Non l'hai tu ravvisato?» domandò l'uomo dalla barba nera al fanciullo.

«Era chiuso nel suo cappotto; ma mentre parlava, un lampo rischiarò quel volto; e mi parve vedere sotto al cappuccio due occhi accesi, e due corna nere, piccole, lucenti».

L'uomo dalla barba nera rifletté alquanto; poi disse al fanciullo, pacatamente.

«Sei tutto bagnato; spogliati subito, va a letto, e dormi. E bada di non raccontare ad alcuno simili fole! Potresti tirarti addosso il ridicolo».

La vecchia tremava anch'essa come una foglia e non cessava mai dal mormorare.

«Il Gran tamburo ha parlato! Pregate o peccatori, perché l'ira celeste pesa sul nostro villaggio. Noi siamo piccoli, la misericordia di Dio è grande!».

L'uomo dalla barba nera si strinse nelle spalle, e andò a posare in un angolo della stanza il fucile ch'egli aveva pulito.

Due ore dopo in quella casa regnava un silenzio profondo. La famiglia era a letto, e riposava tranquillamente.

Gli elementi si erano finalmente placati, forse perché giustizia era fatta!

29. Pietro Vasa

Fin dalle prime ore del mattino del 19 febbraio 1859 si notava un insolito movimento nella città di Tempio. Era un farsi alla soglia delle porte, un affacciarsi alle finestre, un formar capannelli per le vie, un interrogarsi a vicenda, e domandar particolari.

Una notizia, con la rapidità del lampo, si era sparsa da un capo all'altro della città: e tutta la popolazione, impressionata e curiosa, si era riversata, per la via Runzattu, verso la strada che da Tempio conduce ad Aggius.

«Hanno ferito ed arrestato Pietro Vasa» si ripeteva da tutti con accento che rivelava ad un tempo compassione, dispiacere, e curiosità.

«E sarà poi vero?».

«Alcuni aggesi, venuti stamane a spron battuto, ne hanno sparsa la notizia».

«E dove fu preso?».

«In Nuragheddu, verso il mare».

«E non fece resistenza?».

«Dicesi sia stato sorpreso nel suo stazzo, in mezzo ai figli ed alla moglie».

«Ciò si capisce. Gli aquilotti si colgono più facilmente nei loro nidi! Fu arrestato colà?».

«No. Il Vasa era riuscito a fuggire dallo stazzo, ch'era circondato dai carabinieri; ma, rifugiatosi in un chiuso, verso Nuragheddu, ivi – dicesi – fosse appiattato colui che l'ha colpito».

«Pietro Vasa lasciarsi cogliere così? È impossibile! Sotto c'è del torbido».

«Qualcuno, certo, avrà guidato i carabinieri. Questione di vendetta».

«E i carabinieri, al solito si saranno vantati del bel colpo!».

«Il qual colpo, si capisce, non verrà loro contrastato dal vero feritore…».

«Cosa vecchia!».

Questi apprezzamenti si pronunciavano qua e là nei crocchi che si erano formati per le vie. Da tutti, però, non si udiva mormorare che una sola parola:

«Lu colciu!». [lo sventurato, il poveretto]

E, per vero, l'arresto di Pietro Vasa aveva prodotto una dolorosa impressione nell'animo dei tempiesi: Egli non era ritenuto come un assassino volgare, ma bensì come un traviato dalla fatalità degli eventi. Tanto l'Antonio Mamia quanto il Pietro Vasa, erano due uomini rispettabili, d'ingegno non comune, di sentimenti generosi, e di un criterio ammirabile; essi però si erano lasciati trascinare da un eccesso di malintesa suscettibilità, alla quale non vollero, o non seppero opporre resistenza.

I loro errori, più che a individuale debolezza, debbonsi ascrivere alla natura di quell'alpestre regione; dove il sole scalda, più che altrove, il sangue gagliardo che scorre nelle vene dei galluresi.

«Eccolo, eccolo!» fu gridato da tutti; e la folla compatta irruppe come un'onda scrosciante intorno al gruppo di armati che circondava l'arrestato.

In mezzo ai sei carabinieri veniva condotto il bandito. Era stato trascinato, a piedi, da Nuragheddu ad Aggius, e da Aggius a Tempio. Lo seguiva una folla chiassosa, irrequieta, pazza.

Era proprio lui, Pietro Vasa; principio e fine, causa ed effetto: l'uomo che aveva aperto e chiuso il libro d'una storia orrenda, suggellandone col proprio sangue la prima e l'ultima pagina!

Pietro Vasa era stato assicurato con una corda a più giri che gli serrava strettamente le braccia al corpo. Il suo cappotto, lacero e infangato, ben rivelava la disperata resistenza ch'egli aveva opposto, quando, ferito, si era dibattuto fra i suoi assalitori.

Qua e là sugli abiti, sopra il petto, sulla barba, e specialmente sul fazzoletto che gli avvolgeva il collo, vedevasi il sangue aggrumato, che usciva ancora dalla larga ferita che aveva alla gola.

Quell'uomo faceva orrore e compassione. Egli volgeva gli occhi all'intorno, fissandoli ferocemente sulla folla immensa che lo attorniava, e che a stento veniva trattenuta dai carabinieri.

Tutte le finestre e le porte della via Runzattu erano gremite di teste umane. Gli abitanti di Tempio erano accorsi frettolosi a vedere quell'uomo, non tanto il forte bandito della Gallura, quanto la causa prima della sanguinosa inimicizia ch'era durata oltre sette anni, e che aveva immolato più di settanta vittime.

Eppure, quell'uomo insanguinato, pallido, lacero, legato come una belva ai polsi ed alle braccia, strappò molte lagrime di compassione in quella memoranda giornata!

Se nonché Pietro Vasa non aveva l'aria accasciata di chi sente paura perché vede appressarsi il momento dell'espiazione.

Più che la ferita mortale che egli aveva alla gola, lo pungeva e lo straziava la nervosità curiosa della gente che lo seguiva.

Con gli occhi fissi, pareva volesse dire agli astanti:

«Tremila contro uno? Vigliaccheria! Provate a sciogliermi le mani e a darmi un fucile, ed io sarò capace di sfidarvi tutti!».

Il sangue colava sempre. E faceva dolorosa impressione vedere il Vasa in quello stato, con le occhiaie livide, con le labbra violacee e la barba insanguinata. Pietro era stanco e molto abbattuto per il cammino fatto, per il sangue perduto e per la lotta impegnata dal suo corpo e dal suo spirito. La sua faccia era cadaverica, le sue membra fiacche, peste. I soli occhi conservavano un terribile lampo di alterigia, di sprezzo di sfida. Un giorno egli aveva detto: «vivo non mi prenderanno mai», e l'aver mancato alla sua parola era la più grande delle sue umiliazioni. Anziché vedersi fra i carabinieri, avrebbe preferito presentare il petto ad un nemico: la sua morte sarebbe stata meno infamante! E col sogghigno che gli stava sul labbro pareva dire alla folla, che non era caduto per la bravura dell'arma reale ma bensì per il tradimento d'un nemico.

La ferita del Vasa era gravissima, e poteva apportare funeste conseguenze. Una palla gli aveva traforato la gola parte a parte, senza però intaccargli la trachea, caso unico, più che raro. E fu constatato che quella palla non era uscita da un moschetto di carabiniere.

Pietro era rientrato in Tempio per la via Runzattu, per quella via che si soleva far percorrere ai malfattori, quando venivano tratti sul luogo del supplizio. E il lugubre pensiero si era in quel giorno affacciato alla mente del celebre bandito.

Sempre seguito dalla folla tumultuante e curiosa, Pietro Vasa fu accompagnato fino al carcere vecchio, dove venne rinchiuso.

[Queste carceri vecchie furono demolite nel dicembre del 1883 per edificarvi il nuovo mercato. Sui neri graniti di quel lugubre edifizio era una lastra su cui leggevasi: Condë D'Altamira 1693, forse perché riedificate o restaurate sotto quel Viceré, durante il viaggio ch'egli fece in quell'anno nell'Isola.]

Lasciato solo nelle tenebre, Pietro stette in piedi alcuni minuti, volgendo gli occhi in giro per esaminare la sua prigione… ma non ci vedeva. Con le nari dilatate fiutò l'aria mefitica di quell'ambiente angusto, umido, tenebroso, e la comparò all'aria pura e profumata dell'aperta campagna, che per tanti anni aveva respirato. L'infelice presentì che la porta del suo carcere si era chiusa per sempre dietro di lui.

Solo, inquieto, ringhioso, Pietro aspettò per ventisette giorni il giudizio degli uomini; ma prima di questo lo colse il giudizio di Dio. In quel carcere, il 18 marzo 1859, spirò l'anima il celebre capo d'una fazione che aveva seminato la strage ed il lutto nei territori della Gallura.

Nelle ultime ore della sua malattia, presentendo la vicina morte, egli ebbe due gioie: quella di non dover ripassare per la via Runzattu seguito dal carnefice, e quella che nessuno lo avrebbe veduto penzolare da un patibolo con la faccia rivolta al suo paese natale.

[I condannati a morte venivano in Tempio giustiziati sulla piccola spianata che trovasi all'uscita della via Runzattu; e il patibolo si erigeva in modo, che il condannato dava le spalle alla città di Tempio e la faccia al paese d'Aggius.]

Pietro Vasa era sceso nella tomba, quattro anni dopo il suo avversario Antonio Mamia. I due capi – il giovane ed il vecchio, il padre e il fidanzato – si erano forse ritrovati alla presenza di Dio.

Le due ombre sdegnose erano andate a raggiungere le loro vittime e i loro cari perduti. Ignoro se in Cielo abbiano fatto le paci; posso però assicurare che in terra le loro partite vennero saldate.

Mariangiola – la innocente e prima causa degli odi dei Vasa e Mamia – sopravvisse alla catastrofe, e vive tuttora, sposa ad un uomo ch'ella adora, e dal quale è adorata.

La vidi la prima volta nel luglio del passato anno 1883.

Visitando una sera la chiesa parrocchiale di Aggius, notai vicino alla porta d'ingresso una vecchia accoccolata sul pavimento.

Aveva le braccia stese con abbandono sul grembo, il rosario fra le mani e gli occhi rivolti all'altare, dove un prete dava la benedizione.

Essa pregava con fervore.

Di sotto al bruno fazzoletto le uscivano alcune ciocche di capelli grigi: ma nei lineamenti del volto e nella grazia di tutta la persona si notavano ancora le vestigia d'una bellezza non del tutto distrutta dal tempo.

La fisonomia e l'atteggiamento di quella donna mi colpirono talmente, ch'io chiesi di lei; e allora mi venne narrata la storia che ho presentato ai lettori in questo libro.

La vecchia fissava con occhio spento l'altare maggiore, e recitava il rosario.

Povera Mariangiola!

Quanti pensieri dolorosi dovevano affollarsi nella sua mente!

Forse sulle spire d'incenso che uscivano dal turibolo per salire al Cielo, ella vedeva ad una ad una sfilare le ombre dei settanta morti che avevano attinto gli odi feroci ad un suo sorriso!

E l'ultima vittima trascinata nel vortice della vendetta era stato lui… Pietro, l'uomo che aveva mancato alla promessa d'amore, e che aveva tradito l'abbraccio.

E lo vedeva sempre là, con la gola squarciata, tutto pallido e insanguinato!

E forse per lui solo erano le preghiere ch'ella mandava all'Eterno, perocché la donna non nega mai il suo perdono all'uomo che ha amato, anche quando ella sa che ha ricambiato il suo amore con perfidia ed ingratitudine!

Ed anche la Gavina – la figliuola di Anton Stefano – sopravvisse agli odi delle due fazioni e vive tuttora a Bortigiadas, felice accanto al suo adorato Giuseppe e ai cari figli. Ma, in seno alla sua felicità, avrà ella dimenticato il muto, il maledetto degli uomini, colui che come un feroce fantasma si era rizzato minaccioso in mezzo alle fazioni, strumento degli uomini e del destino?

Potenza della bellezza e dell'amare, supremi cardini della creazione! La natura si è rivelata in tutta la sua vigoria nella campagna gallurese; ha estrinsecato la sua forza nei massi incrollabili di granito, nelle quercie secolari e nella robustezza degli uomini. Ha voluto però dare alle donne un'avvenenza, una grazia e un fascino tali da poter col lampo ardente delle pupille, fulminare i più forti figli della Gallura! E furono appunto due deboli e belle creature quelle che suscitarono l'acerba guerra che per sette anni sparse il terrore ed il lutto di quelle pittoresche regioni che sono la parte più eletta dell'isola nostra.

Ma l'ira che tutto distrusse e seminò la morte, rispettò la bellezza; quella bellezza che fu creata per apportare la vita.

Mariangiola e Gavina sopravvissero all'eccidio che fulminò la Gallura ed entrambe andarono spose ad un uomo che non era il primo amato. Pietro pagò il fio delle sue colpe terminando i suoi giorni nell'orrore di un carcere. Bastiano invece…

Che ne fu del povero muto?

30. Mistero

Il muto era scomparso nell'ombra, al di là del monte nero.

Nessuno di lui seppe più nulla; né vi ha alcuno in Gallura che sappia darsi ragguagli sulla fine di quel disgraziato. Eppure il suo nome si ripete sempre con orrore, come quello di un vampiro assetato di sangue umano. I maggiori delitti a lui si ascrivono, ma nessuno saprebbe dirvi a punto fisso il nome delle vittime da lui colpite.

Bastiano Tansu veniva chiamato il Terribile, ed era sordomuto.

Sordo, non doveva udire la calunnia, muto, non poteva rispondere alle accuse, terribile, non lasciava alcun dubbio sulla sua efferatezza!

Chi aveva colpito il muto? Dove, quando, come, perché lo si era fatto sparire? Mistero.

Quando la notizia della sua sparizione cominciò a circolare per gli stazzi, non vi fu alcuno che si prendesse la briga d'indagare la verità dell'asserto: non un parente che sorgesse a vendicarlo; non un amico che corresse a domandarne il cadavere alle foreste di Cucurenza od alle spelonche di Petra Màina!

E chi doveva occuparsi di lui? Sua madre era morta, Gavina si era con altri fidanzata, gli amici lo avevano abbandonato, e i congiunti ringraziavano il cielo per la sua sparizione.

Era stato forse tradito, venduto, assassinato?

Fin dal giorno ch'egli si annunziò al mondo col primo vagito, gli venne negata la voce. Gli avvelenarono l'anima col fargli provare tutte le torture dell'inferno, gli avvilirono il corpo negandogli la sepoltura ed una croce, gli straziarono persino il nome, recandolo di bocca in bocca, come quello d'un condannato all'infamia.

Sparì, né di lui rimane più traccia.

Alla quarta pagina del registro dei Nati del 1827, esistente negli archivi della parrocchia di Tempio, è scritto che: il 29 del mese di ottobre dell'anno suddetto, fu battezzato in quella chiesa Sebastiano Addis Tansu, figlio legittimo e naturale di Andrea e di Agostina Razzu, pastori d'Aggius.

Ma non vi ha libro in Gallura in cui sia registrata la sua morte!

Solamente alla pagina 76 del volume III del libro dei morti d'Aggius leggesi una memoria, dalla quale risulta: che nel giorno 28 di giugno del 1858, i parenti di Bastiano il muto hanno fatto celebrare le sue esequie, pregando pace all'anima sua.

E null'altro.

Cinque o sei mesi dopo la sparizione, si rinvenne vicino al rigagnolo che solca il Campu di lu tricu, una fiaschetta di polvere legata ad una catenella, che fu riconosciuta appartenere a Bastiano Tansu. È l'unico oggetto che si ha di lui. Si fecero minute ricerche per rinvenire il fucile, ma inutilmente. Esso forse – come il più fedele degli amici – era sceso con lui nel sepolcro.

Molte e curiose versioni corrono sulla bocca dei galluresi a proposito della sparizione di Bastiano il muto.

Vi ha chi crede che gli stessi parenti, d'accordo coi nemici, abbiano voluto disfarsi di lui per mettere tregua ai continui dissensi che egli suscitava e di cui erano stanchi. Altri asseriscono che la morte di Bastiano ha troppo stretti rapporti col terribile dramma svoltosi sulle alture di Petra Màina. Vi ha chi dice che Bastiano era figlio del diavolo, e che il diavolo se l'abbia portato vivo all'inferno. Altri invece vorrebbe che Bastiano non sia morto, ma che siasi rifugiato in qualche segreta spelonca della Gallura o della Corsica, dove vive misteriosamente, facendo penitenza dei suo' peccati. Qualcuno, infine, è di parere che Bastiano non sia caduto vittima dell'odio altrui ma che, stanco della vita, abbia cercato la morte in qualche inaccessibile scogliera del litorale, o sul monte della Crocetta. Calatosi in uno dei profondi crepaci che circondano il Gran tamburo, e inconsolabile perché nessuna donna lo aveva baciato, forse Bastiano chiese l'ultimo bacio d'amore alla bocca infuocata del suo fucile.

Ad ogni modo – o assassinato, o suicida – non è improbabile che il muto abbia cercato la morte perché stanco della vita.

Chi lo sa? Quest'ultima versione – che in generale è la meno accettata – potrebbe avere ancor essa un fondo storico. Certo è che ad una sola donna in Gallura non è forse ignoto il giorno della sparizione del muto, e questa donna è Gavina.

E perché il lettore porti il suo giudizio sul curioso fatto riepilogherò brevemente l'accaduto nello stazzo dell'Avru, dopo la morte di Anton Stefano.

Fin dal giorno in cui Anton Stefano cadeva vittima della ferocia del muto, il buon umore e la tranquillità erano spariti dallo stazzo dell'Avru. La morte del buon vecchio doveva per fermo apportare un notevole cambiamento negli affari e nelle abitudini della famigliola. Dalla mattina alla sera le cose presero un diverso indirizzo. Alla gioia ed al cicaleccio espansivo che regnavano nello stazzo, erano sottentrati il dolore ed il silenzio, al riso schietto ed agli scherzi innocenti erano succeduti i pianti e la malinconia.

Morto Anton Stefano, la vedova capì subito che doveva far calcolo sull'attività e sull'affetto di Giuseppe destinato a far parte della famiglia; ed in questa lusinga raddoppiò di cure e di attenzioni verso il volonteroso giovane, il quale si addossò l'incarico di sistemare gli interessi della piccola azienda, cui le donne, per la recente sciagura, non erano in grado di pensare.

Non è a dire quale impressione avesse prodotto in Gavina la morte del padre. Oltre il dolore per la perdita dell'autore dei suoi giorni, ella provava una viva inquietudine, ritenendo se stessa come unica causa della catastrofe avvenuta nell'Avru.

Non poteva soffocare la voce misteriosa che l'accusava quasi di parricidio. Chi mai le avrebbe detto che l'affetto nutrito per il muto doveva costarle la morte del genitore?

Seduta sul limitare della porta, col capo chino, lavorando in silenzio, Gavina bagnava di lagrime la stoffa che trapuntava.

Ed era tanto bella nel suo dolore!

Le lunghe veglie ed il continuo pianto avevano resa la sua carnagione più bianca e più trasparente; ma quel volto pallido appariva assai più bello e gentile sotto il nero fazzoletto a frange che lo contornava. Con gli occhi bassi, e con le nerissime ciglia che spiccavano sulle guance color cera, Gavina pareva la madonnina dipinta nella chiesetta di Petra Màina.

Giuseppe l'andava sempre divorando con gli occhi ed affrettava col desiderio il giorno in cui doveva torla in moglie per condursela a Bortigiadas dov'erano tutti i beni e i suoi parenti. Più volte egli aveva esternato il desiderio di celebrar le nozze dopo i sei mesi; ma Gavina lo pregò di desistere da quell'idea, poiché le sarebbe sembrato insultare la memoria del padre deponendo le vesti di lutto prima del tempo stabilito dalla consuetudine. La vedova di Anton Stefano unì le sue alle preghiere della figlia. Ella voleva ritardare il matrimonio per due ragioni: la prima, perché separarsi così presto dalla figliuola le avrebbe fatto troppa impressione; la seconda, perché Giuseppe, dovendo stabilirsi con la sposa a Bortigiadas, non avrebbe potuto aiutarla a sistemare gli affari dell'Avru.

Insistendo però Giuseppe nel suo proposito, si venne ad un accordo; e le nozze furono stabilite per i primi di maggio, dopo dieci mesi di lutto, con la condizione ben inteso, che gli sponsali, da celebrarsi a Bortigiadas, si sarebbero fatti senza alcuna pompa.

Vi sono nella vita umana sentimenti che non si spiegano; essi hanno misteriosi rapporti con cause intime, sulle quali ogni indagine torna vana.

Gavina si torturava l'anima per un fatto che trovava inesplicabile.

Ella sentiva che non provava per l'assassino di suo padre tutto quell'odio, tutta quell'avversione che avrebbe ardentemente desiderato, e se ne doleva come di un fatto dipendente dal suo volere. Giunse a tanto la sua fissazione, che ella stabilì di rivolgersi a Dio, perché le destasse nel cuore il sentimento d'un odio implacabile per l'assassino di suo padre. Ma Dio non esaudì la sua preghiera; o, per meglio dire, Gavina non ebbe mai il coraggio di unire quella grazia alle altre che domandava a Dio nelle preghiere della sera!

Spuntò finalmente il giorno desiderato, il giorno in cui Giuseppe doveva togliere Gavina dallo stazzo per condurla al nido di Bortigiadas, dove avrebbero formato una famiglia.

Da due settimane Gavina aveva deposto il lutto; e la notizia dell'imminente matrimonio si era sparsa per tutti gli stazzi circonvicini.

Fin dalla vigilia del fausto giorno, una profonda mestizia si era impossessata di Gavina. La cara fanciulla era inquieta, preoccupata. Per quanto grande fosse in lei la gioia di unirsi al suo caro Giuseppe, non poteva uguagliare il dolore che provava nel lasciare la casa paterna.

Era quella l'ultima notte che passava nella sua stanzetta di fanciulla, piena di care memorie. All'indomani ella doveva distaccarsi dalla madre, dalle sorelle, dai vecchi servi di casa; doveva lasciar l'Avru, quello stazzo dov'era nata, dove bambina l'avevano accarezzata, dov'era trascorsa la parte migliore della sua giovinezza.

Gavina non aveva potuto dormire, aveva bagnato di lagrime il guanciale, e volgeva lo sguardo all'intorno, come per dare un ultimo addio a quel nido verginale dove aveva tanto sognato.

L'alba, col suo fioco raggio, venne a battere allo spiraglio della bassa finestra che dava sul cortiletto. Gavina sentiva i passeri che cinguettavano sul tetto, e le pecorelle che belavano nell'ovile.

La punse il desiderio di balzare dal letto prima dell'ora, perché voleva sorridere al giorno, voleva affacciarsi alla finestra per salutare la campagna, lo stazzo, i cari monti, il mare lontano; voleva bere l'aria profumata di quei luoghi ch'erano stati la sua culla, il suo mondo, il suo paradiso.

Balzò dal letto, si vestì in fretta, e quasi discinta corse alla finestra.

Coll'animo trepidante e col cuore che pareva volesse balzarle dal seno spinse al di fuori i due battenti per lasciare passare un buffo d'aria fresca ed un raggio di sole...

Ad un tratto impallidì fece un passo indietro, e mandò un grido.

Stette alcuni minuti immobile, con gli occhi fissi col seno ansante, senza poter articolar sillaba.

Sul davanzale della finestra, che sporgeva al di fuori, c'era una piccola medaglia di rame attaccata ad un cordoncino di seta nera.

«Bastiano è morto!!» esclamò Gavina raccapricciando; e afferrò con mano convulsa quella medaglia, che era bagnata di rugiada.

La fanciulla stette alquanto pensosa, e quasi istintivamente, la recò alle labbra, mormorando:

«La mia medaglia! Non poteva qui metterla che lui solo!».

E la fanciulla tese con una mano le lagrime, che scorrendo per le guancie le cadevano sul seno.

«Povero Bastiano!» ella mormorò scuotendo melanconicamente la testa. «Ha trovato modo di farmi sapere che non ha più bisogno di vivere! Un giorno me l'ha pur detto: "quando sarò stanco della vita mi strapperò la tua medaglia dal petto, e sarò sicuro di morire!"».

Ad un tratto Gavina si scosse atterrita; e, quasi avesse commesso un delitto, corse al suo lettino, s'inginocchiò dinanzi all'ulivo benedetto e levando gli occhi al cielo esclamò:

«Perdonami, o padre mio, se in questo momento io prego per l'infelice che ti ha colpito!

Dio ce l'ha pur detto di perdonare i nostri nemici!».

La sera di quello stesso giorno Gavina abbandonava il nido verginale dell'Avru per seguire lo sposo a Bortigiadas, e forse entrava nella stanza nuziale nell'ora stessa che il sordomuto scompariva al di là di Cucurenza!

Resta solo a sapersi, se l'avviso del Gran tamburo lo abbia dato il diavolo, o uno dei tre misteriosi incogniti che abbiamo veduto alle falde del monte nero; oppure se Bastiano si sia tolto la vita precipitandosi nei crepacci del monte Crocetta, o nelle scogliere dell'Isola Rossa.

Chi lo sa?

Mistero.

Il vecchio Rettore d'Aggius, che assistette allo svolgimento dei drammi d'Aggius e di Bortigiadas, e dal quale ho attinto molti particolari della mia storia, chiuse l'orecchio ad ogni mia domanda quando gli chiesi la fine del muto.

Il buon vecchio chinò sul petto la rugosa fronte, e mi disse solennemente:

«La morte del muto sarà per tutti un mistero! Trattasi di un segreto conosciuto da Dio in cielo, e da me in terra. Ma Dio non lo svelerà agli uomini, perché non fida nella loro giustizia: ed io lo porterò nella tomba, perché tale è il mio dovere!».

Non disse altro.

E giacché il segreto della confessione è inviolabile, domandate del muto ai rulli misteriosi del Gran tamburo, quando sui graniti maledetti piomba l'ira delle tempeste!

INDICE

Printed in Poland
by Amazon Fulfillment
Poland Sp. z o.o., Wrocław

57497833R00139